中公文庫

知覧からの手紙

新版

水口文乃

JN003896

中央公論新社

まえがき

その女性は、手のひらに乗るほどの小さな箱を簞笥《たんす》から取り出すと、

「大切なものが入っているの」

そう言って微笑《ほほえ》み、私の前へ静かに置いた。

寄木細工の小箱だった。一体、何が入れられているのだろう。

そっとふたを外してみると、タバコの吸殻がふたつ、綿に包まれて入っていた。銘柄も判別できないほどに変色し、指で触れれば崩れてしまいそうな——。

「彼の唇に触れた唯一《ゆいいつ》のものだから」

八十四歳になる伊達智恵子《だてちえこ》さんにとって、六十年以上も前の吸殻は、婚約者であった穴沢利夫《あなざわとしお》少尉《しょうい》（享年《きょうねん》二十三）の遺品だったのである。

「女物のマフラーを巻いたまま、敵艦に突っ込んでいった特攻隊員がいる。しかも、

その隊員の婚約者だった女性は、今も健在でいるらしい」

特攻隊の取材をしていた知人からの紹介で、都内でひとり暮らしをしている智恵子さんを訪ねたのは、平成十八（二〇〇六）年一月十三日のことだった。

過去に囚《とら》われたまま、日々を過ごしているご婦人なのだろうか。そんな私の予想は裏切られ、実際の彼女は明るく、すべてを受け入れて生きていた。

「利夫さんは生きたくても生きられなかったけど、残された私や彼の家族、それに未来に続くあなたたちのために特攻隊として身を投じたの。私はその遺志を受け継いで、できることなら利夫さんの思いをつないでいきたい」

小柄でチャーミングな笑顔を絶やさない智恵子さんだが、彼女が語る利夫さんとの物語は、切なく、苦しい。

智恵子さんの記憶は鮮やかだった。生きることを強く望みながら、二十歳そこそこで死を覚悟しなければならなかった利夫さんの無念と、彼と結婚の約束をしていた自分が受け入れなければならなかった現実が、彼女の心に痛ましいほど深く記憶を刻みつけたのだろう。

「利夫さんが私だけに残してくれたものを公《おおやけ》にしていいのかとずいぶん悩みました。だけど、彼の日記や手紙を見て、そこから何かを汲《く》み取ってくれる人もたくさんいるでしょう。私自身もそれを何度も読み返して、利夫さんへの理解を深めることができたから」

こう言って彼女は、しまっていた利夫さんの日記や手紙、写真を見せてくれた。言うまでもなく、これらは特攻隊に参加した若者たちを理解する上での貴重な「資料」である。

しかし、私が目にしたのは資料という無機質なものではなかった。死が前提にありながらも、利夫さんの書く言葉に愚痴めいたものは見つからない。ただ、智恵子さんへの思いやりと、国家に危急が逼《せま》り来るときに青年として何をすべきなのか、と苦悶《くもん》する熱い思いが綴《つづ》られている。その隙間《すきま》に挟み込まれる利夫さんの若者としての本音が、智恵子さんの話と共に私の心を打った。

しかし、智恵子さんは時折、私に戦時中のことを話すのをためらうことがあった。戦後三十年近く経《た》って生まれた私がよく理解できないことに、もどかしさを感じるようだ。

「あなたたちは、命は尊いものだと教えられているでしょうけれど、あの時代は、命は国のために捨てるべきものだったの。今とは、あまりに価値観が違うから、わからないと思うことも当たり前かもしれないわね」

それでも丁寧に話せば若い人にも伝わるはずだと、智恵子さんの下へ通い続ける私に、彼女は根気強く話してくれた。

そんな智恵子さんだが、最近まで思い出を胸に秘めたまま、ほとんど取材に応じることはなかったという。彼女の考えを変えたのは、こんな思いだった。

「最近は、戦争が美談とされることもあるし、特攻隊を勇ましいと憧《あこが》れを持つ人もいる。でも、私たちは戦争がいかに悲惨なものかを知っています。間違った事実が伝わらないように、今、話しておかないと、と思ったのです。あの時代を生きて、身をもって体験したことを語る人は、毎年少なくなっている。私が長く生かされていることに、何らかの使命が課せられているとしたら、それは語《かた》り部《べ》としての役割かもしれませんね」

私が智恵子さんと初めて会ったとき、

「そういえば、一月十三日の今日は私と利夫さんの特別な日でもあるの。ご縁が深いかもしれないわね」

彼女はこう言って笑っていた。

それから一年。私は、智恵子さんが語り部として私に話し継いでくれたことを、余計な手を加えずに伝えることができたらと考えるようになった。彼女は私の申し出に快く応じてくれ、そうして出来たのが、本書である。

なお、本書に引用している当時の文書に関しては、一部、読みやすいように表記を変えていることをご了承いただきたい。

平成十九（二〇〇七）年七月

水口文乃

目次

まえがき　3
第一章　出会い　図書館から戦場へ　13
第二章　覚悟　マフラーになりたい　73
第三章　婚約　たった一晩の子守唄　123
第四章　特攻　あなたをたどる旅　199
生きる時代は選べない――新潮文庫版あとがき　254
新版あとがき　258

知覚からの手紙 新版

第一章　出会い　図書館から戦場へ

昭和二十年四月十二日、彼が大空に飛び立ったあの日以来、私は彼の思い出の欠片《かけら》を少しずつ集め始めました。

陸軍特別攻撃隊（以下、特攻隊）第二十振武隊《しんぶたい》、穴沢利夫少尉《しょうい》は、私、伊達智恵子の婚約者でした。

あの時から、すでに六十二年の歳月が過ぎています。でも、心の中の利夫さんは未来永劫《えいごう》、青年のまま。私には、小麦色の頬の香りが今もすぐそこにあるように思えるのです——。

私たちの最初の出会いは、昭和十六年七月二十一日のことです。私十七歳、利夫さん十九歳のときでした。

当時、私は両親とふたりの兄、妹、弟と一緒に東京市芝区三田（現・港区三田）に住んでいました。父は福岡でサラリーマンをしていましたが、転職を機に一家で東京に引っ越して来ていました。

女性の生き方には選択肢の少ない時代でしたが、父は子どもの生き方を縛らなかったので、私は海外に憧《あこが》れを抱き、また、自分の仕事を持ちたいと願う少女に育っていました。

本好きの私は女学校卒業後、将来、図書館などで働く司書になりたいと考えていました。当時、大きな図書館には司書の資格を持つ「参考係」と言われる年配の方がいて、図書館を訪れた人に作家や作品の解説をしたり、目的の本が館内のどこにあるのかを教えたりしていました。私はゆくゆく、そんな仕事に就ければと思っていたのです。

そのため、国立で唯一《ゆいいつ》司書の資格を取れる文部省図書館講習所（現・筑波大学情報学群）に入学することにしました。学校は、これも唯一の国立図書館であった、上野の帝国図書館の敷地内にあり、向かいには、重厚な趣の帝室博物館が佇《たたず》んでいました。講習所では、夏休み中の十日間、先輩の在籍する図書館に実習に行くのが恒例でした。その初日、実習先で私は利夫さんと出会ったのです。

私と女性ふたり、男性ひとりの同期生四人は学校から指定された東京高等歯科医学校（現・東京医科歯科大学）の図書室に行くことになりました。最寄駅は御茶ノ水でしたが、当時すでに、戦時体制のため聖橋《ひじりばし》方面の改札口は木の板で封鎖されていました。御茶ノ水橋口を出て右手、橋を渡ればすぐのところに学校の門があります。校舎は「く」の字を反対にしたような建物で、玄関の前には青々とした芝生が広がっていました。

　この芝生の上で医学校の職員と、白いシャツを腕まくりして伸びやかにキャッチボールをされていた利夫さんの姿を今でも思い出します。その青年らしい生命力溢《あふ》れる姿に、ずっと見とれていたこともありました。私のまぶたの裏には、利夫さんがいないかと影を探した校舎の窓枠さえもくっきりと浮かび上がるのに、今、医科歯科大を目の前にすると、建物の様子があまりに違うので、思い出の中の風景はたちまち掻《か》き消されてしまいます。

　学校では講義ばかりを聞いてきましたが、実習では初めて本の整理ができる。それが何より嬉《うれ》しくて、御茶ノ水駅の改札で待ち合わせた私たちははしゃいでいました。女の子三人が団子になって騒いで、男の子が一歩下がったところから話の輪に入ってくる。そんな様子で図書室に向かうと、四十歳くらいの女性と、学生服姿の男性が入り口で私たちを出迎えてくださいました。

　女性は講習所の先輩の浅岡さんという方で、十歳ぐらいの男の子をかかえた戦争未亡人でした。そして男性が、当時、中央大学専門部法学科の学生だった利夫さんでした。

利夫さんは福島県の旧制喜多方中学校を卒業すると、図書館講習所に進学し、大学に入学する前に一年間講習を受けていました。私たちのふたつ上の先輩に当たります。その後、中央大学に入学し、法律の勉強を始めました。利夫さんは滅多に家族の話はしませんでしたが、一度だけ私に話してくれたことがありました。

「僕の祖父は、借金の保証人になって財産を取り上げられたことがあるんだ。法律さえ学んでいれば、借金の責めを負わずに済んだのに……」

ご実家は農家ということでしたが、思うような仕送りも受けられていないようでした。そのため、利夫さんはここの図書室に勤めながら、大学の学費の足しにしていました。このころの中央大学は駿河台《するがだい》に校舎があり、医学校に近かったものですから、利夫さんにしても良いアルバイト先だったのではないでしょうか。

今でもいろんな方から、「最初に利夫さんに会ったときに、他の人とは違う何かを感じましたか」と聞かれます。でも、「先輩としてしか見ていなかった」――このときの利夫さんの印象は、本当にそんな程度のものでした。ただ、丸顔で少しまなじりの下がった童顔は、私の好きな顔立ちではありませんでした。一六四センチという小柄な体も人に威圧感を与えず、優しい印象を与えていたと思います。

図書室に併設する事務室に実習生が一列に並ぶと、最初に利夫さんが自己紹介をして、それから事務室の中で私たちを待っていたがっちりした体つきの男性を、「図書室の主任でドイツ語の黒川教授です」と紹介してくださいました。きりっとした顔つきの浅岡さんは一番最後に挨拶《あいさつ》をされました。

挨拶の仕方については何よりもうるさかった時代です。私たちも「行儀が悪い」と思われてしまったらどんなことになるか。ぎくしゃくしながらも、

「どうぞよろしくお願いします」

と、みんな揃《そろ》って頭を下げたものでした。

利夫さんは講習所では浅岡さんの後輩でしたが、このころは、女は男を立てる、ということが求められました。ですから、実習生を仕切るのは利夫さんだったのです。その日から、学生のリクエストで購入した二百冊ほどの新刊書を整理するよう、利夫さんは私たちに指導してくださいました。

閲覧室の大きな机の上に積み上げられた本。一冊一冊の表紙をめくり、巻頭紙に蔵書印を押し、カードに書名と著者名と発行年月日、発行所を書いていきます。単純な作業ではありますが、「分類」というのが曲者《くせもの》でした。「文学」と「歴史」、「地理」の分野にもまたがるような内容の本が出てきたりして、巻頭や前書きを読んでもなかな

か判断がつきません。そんなときには、
「どちらの分野に入るのでしょう。文学でしょうか。歴史でしょうか」
と、時々、利夫さんに意見を求めていました。

そうして、実習の十日間はあわただしく過ぎていったのです。

実習最後の日、朝から外出していらした黒川先生が午後、銀座にある富士アイスのアイスクリームを手に提げて現れました。お昼のときも食堂からは、いつもカレーの匂《にお》いが漂ってきていましたから、このころはまだそんなに食べ物に不自由を感じることはなかったのです。外の芝生で先生や浅岡さん、利夫さんも一緒にアイスクリームを食べて記念に写真を撮りました。

今でも、私の手元には、実習生と利夫さんの五人で写った写真（口絵参照）があります。私が着ていた花柄のワンピースは、母の手製で私が大好きな洋服でした。芝生の上に座った五人の笑顔は屈託がなく、それぞれ何かしら胸に希望を抱いているように見えます。

この十六年の夏に一緒に時間を過ごした黒川先生と浅岡さんは、その後、国民病と恐れられた肺結核に倒れました。利夫さんも含めて、私たちに実習で立ち会ってくださった三人は、揃って昭和二十年から二十三年の間に亡《な》くなっています。

そして、一緒に実習を受けた男の子は、二年後には学徒出陣で海軍に入り、終戦後、利夫さんと同じ中央大学の法学部に進学しました。他のふたりの女子もまた、兵役に従事した男性と運命をともにしました。

実習から半年後、年が明けて七草を過ぎてから、講習所は三学期を迎えました。その一ヶ月ほど前には、真珠湾攻撃から太平洋戦争が開戦。私の一回り上の長兄は、その前から兵隊に取られていましたし、四月の入学式のときには男二十人、女十二人、計三十二人いた教室からも、歯が抜けるように生徒がいなくなっていきました。三学期、教室に来てみると、さらにふたつ、席が空いていました。結局、一年経《た》って卒業するときには、二十人足らず。卒業してから一年目のクラス会でも、ふたりが戦死したと知らされました。

講習所は社会人になってから入学する人も多く、十七から二十六歳と生徒の年齢には幅がありました。北京《ペキン》大学を卒業して日本に来ていた中国人もいれば、龍谷《りゅうこく》大学を出たばかりの子爵《ししゃく》もいました。満二十歳になると、健康な男子は兵役の義務があり、入隊しなければなりません。召集令状が来る年齢に達していた人も当然いたのです。令状が来れば、たとえ東京に暮らしていても、戸籍の本籍地にある軍隊への入隊が決められていました。定められた日時を遵守《じゅんしゅ》しないなど、軍隊では許されることではありません。召集を受けた生徒はクラスメートに挨拶する時間などなく、ある日突然消えていきました。令状を受けたのだから仕方がない、それはみんな分かっていたはずですが、教室の空気にもどことなく緊張感が漂っていました。

　そのような時世でしたから、一月十三日、お昼に事務室から呼び出されたときにも、何かあったのかと、少し身構えました。

「穴沢さんがあなたに御用があるようですよ。帝室博物館の門の前に、お昼時間にいらしてみてください」

　利夫さんは午前中に講習所に電話を掛けて、事務室の女性に言付けを頼んでいたようなのです。彼は卒業生でありましたから、女性もとりたてて変に思うこともなかったのでしょう。私はといえば、

（実習のときの分類に何か問題があったのかな、でも、なんで今ごろ……）

　頭の中が疑問符だらけで、お昼を食べながらも落ち着かない気持ちになってしまいました。私はお昼休みの賑《にぎ》やかなおしゃべりの中を抜け、利夫さんが指定した帝室博物館の正門に向かいました。一月だというのに暖かい日で、私は紺色のスーツのまま、コートを羽織らずに学校を出ました。

講習所の玄関を出ると、すぐに博物館の塀があって、それに沿って左に曲がると門が見えます。遠くからでも、黒いコートを着た利夫さんが待っているのがわかりました。待たせないようにと走っていこうとしたものの、あのときはストッキングがずるっとした化学繊維でできていたので、それが足元に落ちてくるのが気になり、走るどころではありません。少し前までは止めゴムのおかげで靴下もピタッと足にはまっていましたが、ゴムも品薄になってきていました。

利夫さんは私が歩いてくるのをずっと微笑《ほほえ》んで見ていました。私がやっと門のところにたどり着き、

「しばらくでした」

と挨拶をしてちょこんと頭を下げると、利夫さんははにかんで下を向きました。顔を上げると、

「歩きましょう」

そうおっしゃるとすぐに、学校とは反対の方に歩き始めます。私は、二、三歩下がってついていきました。

(実習のときに間違いがあったんでしょうか、って聞いてみようか。でも、年上の男の方が話をする前に、私から問いかけるなんてできないし)

私なりにいろいろと考えながらついていくと、前を行く利夫さんがふっと振り向き、突然こう言ったのです。

「僕と付き合ってくれませんか」

私は何を言われたのかわからず、ぽかーんとしてしまいました。

（呼び出されている今の状況そのものが、利夫さんに「付き合ってる」ってことだけど……。それに、夏期実習から先輩と後輩として「付き合ってる」んじゃ……）

下を向いたまま、頭の中でぐるぐると考え込んでしまいました。そして、その言葉が特別な意思表示だと理解できたときには返事に困り、顔がぼーっと熱くなって、

「お友達としてなら」

と、声に出したような気がするのですが、実際はどうだったのでしょう。

「遅くなりますから、失礼します」

利夫さんを残したまま、後ろも振り向かず、講習所に走って戻りました。帰り道は靴下を気にするどころではありません。心の中の大切なことを打ち明けられて、私はその場から一刻も早く逃げ出したかったのです。

私は利夫さんに、今、聞いてみたいのです。

「実習の短い間に、一体、私に何を感じてくださったのでしょう」と。ですが、とうとうこのことは聞けずじまいでした。

実習期間中、仕事をしているときには、「はい」とか「いいえ」という返事だけ。お昼になれば、利夫さんと男子実習生は一緒に食堂に行ってしまい、私たちは女子だけでお弁当を広げて食べていましたから、利夫さんとふたりだけでプライベートなお話をすることもありません。

女の子同士で話していても、何しろ無類の本好きが集まっているのですから、男の子の話よりも若山牧水《わかやまぼくすい》がどうとか、『万葉集』がどうとか、そんな話ばかりでした。私以外のふたりは、それぞれ父親が芸大の図書館長と判事というぐらいでしたから、しっかりと芯《しん》が通っている女性で、何事に対しても自分の意見を持っていました。私は彼女たちほど個性を持たず、少しだけ劣等感のようなものを抱いていたので、なぜ私を選んだのか、利夫さんに聞いてみたかったのです。

夏の実習とその後の半年間、私自身は利夫さんのことを良い先輩に出会えたと思うだけでしたから、告白されても、それが思いがけなくてびっくりしてしまった、というのが正直な気持ちでした。

利夫さんから告白を受けた日、夕食を済ませて勉強部屋に入り、ふすまを閉めて机に座ると、昼間の出来事を思い返さずにはいられませんでした。そして私は『少女の友』という雑誌の付録に付いていた、赤い折り畳み式の手帳を広げました。

私は女学生のころ、『少女の友』が大好きでした。連載には、川端康成《かわばたやすなり》や吉屋信子《よしやのぶこ》、井伏鱒二《いぶせますじ》などの人気作家が名を連ねていましたし、何よりその付録が艶《つや》やかでした。詩の一節とともに中原淳一《なかはらじゅんいち》さんの挿絵が入った手帳や栞《しおり》は、描かれている女の子に艶があり、華やかな色彩で、多感な時期の私たちは強く魅《ひ》かれたものです。

『少女の友』に書かれている物語の中では、私たちと同じぐらいの歳《とし》の女の子が、外国人のお友達ができたり、上級生の女性にあこがれたり、必ず邪魔をする意地悪な先生や同級生が出てきたりと充実した内容で、女学生の夢を満たしてくれました。

その『少女の友』も、昭和十五年六月には、中原淳一さんの描く少女が不健康そうに見えるということで、内務省から中原作品の掲載が禁じられました。しかし私は以前からの付録の数々を「秘密の事」を書き留めるものとして、大事にしまっていたのです。

この大事な手帳の「忘れえぬ言葉」と書かれたページに、私は思わず、戸惑う気持ちを鉛筆で書きなぐりました。

『一月十三日　電話がかかって来て逢《あ》って　聞いた思いがけない　あの人の言葉　ああ我を愛すと言い給《たま》う』

書くと急に気恥ずかしくなって、「我を愛す」という部分だけを消しゴムで消してしまいました。

(私はまだ若い。何にも縛られたくない)

十代でお嫁に行くのが当たり前の時代に、早く自立したいと考えていた私でしたから、そう思う気持ちも強かったのです。

『愛は未来に存しはしない　愛は現在に於《お》いてのみの活動である　従って現在に於いて愛を現さない人には　愛は無いのであると言わなくてはならない　―トルストイ―』

『自由な気持ちで……　誰に言った言葉？』

『花は散りゆくものぞかし　人は去りゆくものぞかし』

『私は束縛されていたくはありません。私は私自身を生かさなければならないし、また、それを望んでいます。ふりかかってくるすべての事の上に確固として不安もなく私は生きたいのです　―シュレーゲル―』

『やっぱしあたしは強かった。だけどこの落ち着かない胸の中はどうしたというのだろう。未練！　いや、絶対違う。何となく変だ。占いは言う！　しっかり心をおさめなさい！　と』

このメモの日付は、二六〇二・一・十六となっています。昭和十五年は皇紀二六〇〇年。日本が〝万世一系の世界に類のない神国〟であると疑っていなかった私は、昭和十七年をそう表したのでしょう。ともかく、三日後にも揺れる気持ちを否定するかのように、同じ手帳に乱れた心の内を書き散らしていました。

このころ、日本は始めたばかりの「大東亜戦争」では勝利を収めていました。昭和十六年十二月にはグアム島や香港《ホンコン》、翌年一月にはフィリピン・マニラを占領し、二月にシンガポールが陥落すると、国威は大いに揚がって、大東亜共栄圏をどんどん拡《ひろ》げていきました。

十七年二月に、私は国家試験を受けて司書の資格を取得しました。二月末までには、就職先を決めなくてはなりません。北京にある近代科学博物館か、父の友人が勤務している台湾総督府のいずれかに、と希望していましたが、大東亜戦争の最中で危険だからと、帝国図書館長が許して下さいませんでした。そのため、私は担任の先生の勧めに従って、日比谷の毎日新聞社の隣にあった日本貿易振興協会貿易研究所の資料室に勤務することになり、三月からはそこで社会人生活の第一歩を踏み出したのです。

この研究所は、著名な経済学者であった大内兵衛《おおうちひょうえ》先生とともにマルクス経済学を研究していた宇野弘蔵《うのこうぞう》さんが所長を務めていらっしゃいました。所長は東北帝大（現・東北大学）でゼミナールを持っていましたから、卒業したゼミ生たちが所長の下に集って研究所の一員となっていたのです。主に、ドイツ、フランス、オランダなどのヨーロッパの経済状況を分析し、企業に情報を提供していました。このころは、東南アジアの多くの国がヨーロッパ各国の植民地政策の中に組み込まれていましたから、大東亜共栄圏、つまり東南アジアの経済状況も調査していました。

三月、日本はオランダ領であったインドネシアを、四月から五月にかけてはビルマ（現・ミャンマー）やフィリピン全土を制圧していました。日本の勢力が広がっていくのと足並みを揃《そろ》えるように、資料室も活気に満ちていくようでした。

フランス語や英語はもちろん、ドイツ語、イタリア語、オランダ語と様々な国の言葉が飛び交い、知識欲旺盛《おうせい》な若者が身を置く職場としては、これ以上ないぐらい恵まれていたと思います。

私はそこで、所員が必要とする書籍や雑誌、パンフレットなどの資料の収集、整理をしていました。日本女子大学出身の同僚と、所長の愛弟子《まなでし》でもあった東北帝大出身の男性の指導に助けられ、責任すらも喜びに感じて、毎日をひたすら張り切って過ごしていました。

利夫さんとのことは、一月に心の内を明かされてから、何通かお手紙をいただいていたものの、あまり印象には残っていません。男女のお付き合いには未熟でしたし、ましてや、世間ではそれがはしたないものとされていたころですから、私は戸惑うばかりでした。私のほうはどうしても及び腰になってしまい、たまに返事を出してみても、あまり感情のこもったものにはなりませんでした。

そして春になり、利夫さんから二十四枚にもわたる長いお手紙をいただきました。

『お手紙拝見しました。本当にありがとう。

今日は少し頭痛がしたので、早目に帰って来た。今ちょうど九時。

煮凍《にこごり》へともに箸《はし》さす女夫《めおと》かな　召波《しょうは》

冒頭にこんな句をもって来て変ですが、山口誓子《やまぐちせいし》氏のこの句に対する評を一部分書いて説明にかえます。

冬の日に老いた夫婦が食事をしている。ふたりとも直箸《じかばし》で煮凝《にこご》りをつつき合い、その箸を口に持っていっては、また煮凝りをつつき合っている。淡々たる情景ではあるが、愛情のきめは実に濃《こま》やかである。

「愛情の冬」なのである「煮凝りの愛情」なのである……。

これだけで、僕が言おうとしている全部が、あなたに思惟《しい》できるだろうか。

ただこの句が僕の好きなものの一つであり、そして愛情の極致はかような淡々たる中に無意識のうちにも現れるものであることを言っておきたい。

こんなことはあなたの手紙の返事としては当たらないことだが。

あなたの手紙、読後奥歯にもののはさまったような、割り切れない何かがあるような変な感じ。どうしてかは自分でもはっきりしない。憶測を許すならば、おそらく、あなたが今日の手紙で言おうとした全部を言いつくしていない気持が、僕に反映したのではあるまいか。

あなたが一時、僕と交際を絶とうとした気持は、あなたの考えを正しいとし、あなたの身になってみるならば良くわかります。

理解すればするほど、とても我慢の出来ぬ辛《つら》い気持です。

あなたがそう決心しようとした気持を察して、いじらしくさえ思われます。

そしてどうしても、どんなことがあっても、あなたを愛し抜かねばならぬという気持が益々《ますます》かたくなるばかりです。

僕が現在どんな気持であなたに対しつつあるか、ここで言ってしまいたいのだけれど書かずに置きます。

でも、この気持をあからさまに言うことなしに、自分のひたむきな感情を、いつまで押しかくしながら、あなたに接してゆけるか、ちょっと僕でも見当がつきません。

時期を待とうと思います。（略）

経済学のこと。何でも喜んで進んで勉強しているということほど、自分の気持を満足させるものはないと思います。大いにやったらいいでしょう。

あなたがとりつきにくいと言う法律。僕には一番とりつきやすいものです――当たり前だと言うなかれ――経済学ほど理論に流れないから……。

日常の簡単なことまで無理にも面倒に理論づけ定義づけねばおかぬ経済学こそ、僕にはとりつきにくい（僕のこんなふうに考えている経済学観が間違っていても怒らぬように）。それに反して、法律学は日常のあらゆる事柄と密接な関係をもっている。

もちろん、その及ぶところ経済活動も当然包含《ほうがん》されます。我田引水《がでんいんすい》と笑われるから、これ以上のことは言わない。あとでその仇《あだ》だとばかり、あなたから経済学について長々と講釈をされてはかなわないからね。呵々《かか》……。

でも何と言おうと、ごく近いうちに、僕が経済学を法律と同じ高さにおいて勉強せねばならぬ時がくるに違いない。周囲の雰囲気、母校の伝統、そしてそれらにも増して、僕自身の気持として、当然高文（筆者注・高等文官）受験に僕自身をひきずってゆくだろうから……。自分の能力からして合格できるとは夢にも考えてやしないけどね……。

その時こそ、あなたに経済学の講義をねがおうかな？

オコルナ　オコルナ

一緒に仕事をしている人が、経済専攻でしたら好都合。折角《せっかく》、勉強されるように。

　でも、僕からこんなこと言うのは差出《さしで》がましいことかもしれないけど、経済学をやるにもかえってその事が、あなたの欠点となるような結果にならぬように望みます。このことわかりますね。

　男性の進むべき道。勉強に深入りする程度。女性のそれらの間には、いつの時代にも区別があるのが自然だと思います。特殊な人は除いて。

　旧式な思想だと思わないでください。このことについては、あとでもっとつっこんで話さねばならないかもしれません。もしあなたが僕とは異なった考えを持っていると仮定すれば……（略）』

　この後は私の職場やご自身が勉強されている法律学のこと、実習で一緒だった黒川先生のことなどを、たわいもなく触れているだけでした。私の気持ちも思いやった上で、自分はそれでも変わらない、と書かれていたことが、私の心に触れました。

　これまで私は、利夫さんから逃げるような返事を送っていました。彼がそれほど本気であると考えていませんでしたから、いい加減にあしらっていた、と言えるかもしれません。分厚い封筒を開けるときには、そんな私に輪をかけて説得するような手紙かと思っていたのですが、「君の思いはよくわかりました」とあるのですから、肩透かしを食らったようでもありました。

しかし、この二十四枚の手紙は、どこか頭でっかちになってゆがめられていた私に、素直にものを見る眼を与えてくれたのです。

窓辺にある机で手紙を読み終え、眺めた空が、殊《こと》に美しく思えました。利夫さん二十歳、私が十八歳の春のことです。こうして利夫さんとの文通での交際が、たどたどしく始まりました。

毎日の生活は、だんだんと落ち着きを失っていきました。友人たちとも、

「日本は大東亜共栄圏の指導者という立場にいるけれども、私たちは個人的に何をどうしたらいいと思う？」

「アジア諸国の人たちを独立させるためには――」

そんな議論をするようになりました。周囲の大人たちからも、

「青年は今、何ができるんだ」

と問いかけられ、自問自答する日々。もともと私は社会に対して無関心でいられない性質《たち》ですので、こうした日々が続くと、仕事が休みのときですら、家でじっとしてはいられません。お国の役に立つために自分の生活がある。それがこの時代をよりよ

く生きることなのだと信じていました。

できることなら南方に行って、日本が占領した土地の子どもたちに紙芝居や人形劇をする「宣撫班《せんぶはん》」に加わりたいとさえ思っていました。とはいえ、資料室の仕事はやりがいのあるものでしたから、おいそれと行くことはできませんでした。

（もっと国家に直接奉仕することはできないだろうか）

思い立ったら、すぐに事を起こさねば気が済みません。そこで夏には、『新女苑《しんじょえん》』や『婦人画報』といった雑誌で活躍を報じられていた女性グループの「藻塩会《もしおかい》」に入会しました。

この会は元々、東洋女学校（現・東洋女子高等学校）を卒業し、すでに社会で働いていた数人が、歴史や自然紀行などの文献を読んで知識を深めるという勉強会でしたが、私が入る頃には、お国のために直接役立つにはどうすべきかなどと議論し合い、農家へ勤労奉仕に行くなど、より活動的な団体になっていました。

会員のほとんどが「職業婦人」や「勤労女性」と言われる人たちで、日立や日産、安田生命、三井銀行など日本を代表する企業に勤めていました。藻塩会はそうした女性ばかりが集まっていましたが、まだ女性が働くことに対しては差別的な風潮があった時代です。職業を持った女性は嫁の資格がないとばかりにお見合いを断られることもあったと聞きました。

会の本部は、御茶ノ水駅から近い本郷元町にありました。私が活動を始めたころ、利夫さんはまだ、昼間は中央大学の講義を受け、夕方からは医学校の図書室でアルバイトを続けるという生活を送っていました。

私は仕事が終わるとすぐに御茶ノ水駅に向かい、彼のいる建物の横を通って、毎晩のように会に足を運びました。会のすぐ近くにある中華料理屋では男子学生やサラリーマンに混じってひとり、ラーメンやチャーハン、八宝菜、酢豚を頼むこともあれば、メンバーと一緒に来て食べることもありました。

会では、日本のことを知るためにと『万葉集』や『古事記』について勉強したり、ときには駿河台にあるYWCAの運動場を借りて、人命救助の訓練をしたりしました。時代の要求する女子の役割などについて、山手線で侃々諤々《かんかんがくがく》の論争を始めて夢中になってしまい、何周もまわった上に、危うく車庫に入りそうになったこともあります。

それまでは、どちらかといえば内向的ではにかみ屋だった私も、他のメンバーに刺激を受けて活動的となり、仕事以外の生活の大半を藻塩会のために費やすようになりました。八十人ほどの会員のうち幹部は十二、三人で、私はすぐに会長の秘書に指名されました。メンバー憧《あこが》れの会長の秘書ですから、私は張り切り、ますます会にのめりこんでいきました。

父は、娘が勉強することに関しては、一切口を挟みませんでした。ただし、母はお裁縫や生け花、お茶でも習って、おとなしくお嫁入りして欲しいと願っていましたから、藻塩会には大反対です。毎晩遅く帰宅する私に対し、

「お嫁入りの支度もしないで、この子は一体どうなるんだろう」

と、苦りきった表情で嘆いてみせるのです。私はそんな母に反発しました。

「どうなるもこうなるも、お嫁になんかいくつもりはないわ」

「じゃ、どうするつもりなの？」

「今は戦争中なんだから、それどころじゃないでしょ」

挙げ句の果てには、母が、

「嫁入り前の娘が毎晩遅く帰って来て、親が笑われますよ」

と言い出す始末でした。そうなると、私は反論もできずに、黙り込むしかありません。

夜遅く帰ると、家中の鍵《かぎ》が掛けられていることもありました。そんなときは、家の裏手にまわって鍵が緩んでいる裏戸をガタガタと揺らして鍵を開け、家に入り込んでいました。

ですが、そんなことばかりをしていたら、泥棒と間違えられてしまいます。自宅は三田の魚籃坂《ぎょらんざか》の中ほどにありましたので、私は坂下の交番にいたお巡《まわ》りさんと雑談をして夜を明かすこともありました。


初夏のあるとき、利夫さんが思いがけず職場に電話を下さいました。

「会社を訪ねてもいいだろうか」

「ええ、どうぞ」

突然の申し出に、嬉《うれ》しくも緊張してしまいました。しかし、職場は外国暮らしをした人も多く、「先輩の男性が訪ねてくる」と言っても「そうか、そうか。美味《おい》しいところ教えてあげようか」といった具合で、全く気にするようなことはありません。

お昼には利夫さんと一緒に、有楽町のレストランでマカロニグラタンを食べました。

「美味しい？」と聞いただけで、会話は続きません。私は緊張のあまりに食事が喉《のど》につかえて、途中で食べるのを止《や》めてしまいました。

そのころ、利夫さんと会うことはほとんどありませんでした。夜、九時を過ぎた頃、藻塩会の帰りに御茶ノ水駅のホームに立ったときに、向かいにある図書室の窓を見上げて、明かりがついていれば利夫さんがいるのだろうかと思いを馳《は》せるぐらいです。

省みなかった、という訳ではありません。進むべき「道」は、男と女では全く違う。このときの社会は、それが明確でしたから、それぞれの方向で一生懸命やっていければ、と思っていたのです。

ある日、藻塩会が主催する子ども向けの人形劇が、駒込《こまごめ》駅の近くにある大名庭園・六義園《りくぎえん》でありました。劇が見やすいように子どもたちを誘導していると、遠くから視線を感じます。目を上げると、木の陰に学生服を着た利夫さんがずっと立っていたのです。利夫さんに発表会に来て欲しいと言ったことはありませんでしたから、手紙か何かで発表会があることを書いたのかしら、と不思議に思いました。

また、「生活館」と言われていたころの山の上ホテルのホールで、藻塩会が何周年かの記念の会を開いたことがありました。メンバーや家族だけの会合でしたが、利夫さんは受付で私の知り合いだと名乗って参加したこともあったようです。後から友人に、

「まごちゃんの良い人が来てるよ」

と言われて、びっくりしたこともありました。

私の旧姓は「孫田《まごた》」でしたから、友人には「まごちゃん」と呼ばれていたのです。

発表会では人形を使いながら、日本はアジアに平和をもたらすためにどうすべきか

を子どもたちに伝えていました。そして私は会長に向かって、ご指導をいただいた謝辞を、みんなを代表して述べました。

　そんな私を、彼はどんな思いで見ていたのでしょう。

私は働きながらも愛国的な社会活動に打ち込んでいるのに、彼はまだ大学生の身分で何も出来ずにいる、利夫さんはそのことに焦《あせ》っていたのかもしれません。

　昭和十八年に入って私に転機が訪れました。貿易研究所を退職し、三月から藻塩会の紹介で歴史学者の白柳《しらやなぎ》秀湖《しゅうこ》先生の秘書になったのです。それまでの若い人が多い活気に満ち溢《あふ》れた職場から、年配の男性のお宅に伺うようになったことは、私にとって大きな「変化」でした。ご自宅には先生の奥さまもいらっしゃったものの、あまりの静けさに私は物足りなさを感じ始めました。肝心な先生との相性もあまり良いものではなかったのです。

　それまで利夫さんとは、月に一回返事をするかどうかの、文通によるぎこちないお付き合いでしたが、こうした職場環境の変化もあって徐々に間が近くなり、私も利夫さんのいる図書室へお花を持っていったり、時間があれば顔を出すようになっていました。

利夫さんに会いに行くとき、
「図書室に飾るお花を持ってきました」
と黒川先生や浅岡さんに言うのは、わざわざ利夫さん目当てで来たわけではない、という言い訳でもありました。お花は、私の中の秘め事を悟られないための小道具だったのです。

　三月にいただいたお手紙には、未《いま》だにはっきりした態度を示さない私を諭すような利夫さんの言葉がありました。

　このお手紙をいただく前、私は、「自立をしたいのです。だから、あなたの気持ちには応《こた》えられません。お付き合いをやめましょう」と書いた手紙を送っていました。視野を広げるために海外で働きたいという希望を、私はまだ捨ててはいませんでした。

『両親の顔を見るためにも、両親に顔を見せるためにも、一週間ほどの予定で帰省します。この前の手紙のこと。僕らの将来の在り方について僕は悪い方に考えたことはない。あなたにしても考えるだけ無駄と思う。
「現代人の救ひ《ママ》」に〝人間自己の信念に殉《じゅん》ぜよ〟とは書いてなかったかしら？

また、「獄中獄外」に〝いやしくもその刹那《せつな》において、自分の最も正しい行動であったのなら、それでよいのである。ただ考えねばならぬことは、後日、悔《くい》の残らぬように一つ一つのことに全生命を打ち込んでおくことだ〟と。

お互いに付加したもの、さらに混合したものは、時に離れる。しかし混然融合したものに至っては離れがたい。一は二で割れぬ。二分の一があるのは数学においてのみ。

この前の万年筆、そして餅。僕にお礼を言わせるのは、それ自体ではなく、あなたの気持。

最後に〝自分は折られても踏まれても屈せずに最後には必ず咲いてみせる彼《か》のコスモスの花が妙に好きだ〟

いずれ帰京して』

利夫さんはこれまでの手紙で、私と家庭を持ちたいというようなことも書いていましたから、働き続けたいと思う私とは考えが異なっています。それで、「お付き合いはやめましょう」という手紙を書いたのに、彼は、「あなたは信念に沿ってあなたの道を行ってもかまわない。僕はどうあっても、最後まで諦《あきら》めない」とコスモスの花に託して伝えてきたように思えました。

利夫さんの私に対する視線は、ほぼ一年の間、あの長いお手紙をもらったときから変わっていないようでした。

三月のある日曜日のこと、たまたま藻塩会で打ち合わせがあり、昼の一時ごろ、私はいつものように御茶ノ水駅のプラットホームに立っていました。

(利夫さんに会えないかな)

利夫さんがアルバイトをしていた医学校から、駅に来るまでに通る御茶ノ水橋を何気なく眺めていると、偶然にも歩いてくる利夫さんの姿がポッと見えました。

(もうすぐ、ホームに下りてくる)

私はとっさに雑踏に紛れ、駅柱の陰に隠れました。利夫さんの下宿先は田端ですから、秋葉原での乗り換えに都合の良いよう、彼はいつも最後尾の車両に乗ることを知っていました。

電車を待っている利夫さんの姿を確認して、私はそっと後ろから近付き、ちょんちょんと学生服の肩をつつくと、利夫さんが誰？ というように振り返りました。

「あっ」

途端に、彼の表情がパーッと明るくなって澄んだ瞳《ひとみ》が私の心の奥に飛び込んできました。はにかみつつも喜んでいる。そんな笑顔は、他の人といるときには見たことがなかったからです。

（またこんないたずらができたらいいな）

利夫さんの顔を見ながら思いました。

「ご一緒しましょうか」

彼は嬉しそうな顔のまま、無言でうなずきました。

一緒に電車には乗りましたが、少し離れて立ったまま、言葉を交わすこともありません。他の乗客で視線が遮られますが、お互い顔をうかがうように見て、目が合うとパッとそらしてしまう。そんな意味があるようなないような視線を交わしながら、何も話さないまま。そして、目だけで挨拶《あいさつ》を交わすと利夫さんは降りていきました。

何通も届いた手紙で、私の両親も利夫さんの存在は知っていました。ほとんど何もない、と言ってもいいようなふたりの関係でしたが、特に母親は、娘の変化には敏感でした。あるとき勉強机で本を読んでいると、母が眉根《まゆね》をしかめて部屋に入って来ました。

「どうしたの？」

「この穴沢さんっていう方、どういう方なの？」

「中央大学の学生で講習所の先輩よ」

もう母が何を言いたいのか、わかっていました。

「学生さんとお付き合いをしているの？」

「お手紙のやりとりだけよ」

「結婚相手は社会人じゃなければいけませんよ。一家を支えきる経済力を持った人じゃないと」

「お母さんは自分の考えを言っているんじゃなくて、私たちに、しきたりを押し付けているだけなのよ」

「そういうことじゃありません。何かあってからでは遅いから言っておきますけど、子どもはいけませんよ」

「子どもって……」

知識としてはどういうことなのかわかってはいても、全く考えてもみないことでした。

「穴沢さんとは、そんな関係じゃないわ」

「今はそうかも知れないけど、これからはどうなるかわかりませんよ。とにかく、女から誘うようなことをしてはなりませんからね」

「誘うって、どういうことなの？」

「ともかく、結婚はしっかりした社会人の方を考えなさい。結婚はいけませんっ！」

「そんなことまで考えていないわよ」

　母は言うべきことは言ったとばかりに、ふすまをピシャリと閉めて出て行きました。九州の田舎で育ってきた母にとって、男女の交際は結婚を意味していました。だからこそ、みだらな男女関係として世間に知られることを、人並み以上に恐れていたのです。

　合わない職場に無理やり通っていたからでしょうか。白柳先生のところに来てから三ヶ月しか経《た》たないのに、私は急に胸が苦しくなる肋間《ろっかん》神経痛を患《わずら》ってしまいました。秘書を辞めざるをえなくなり、福岡県南部、周防灘《すおうなだ》に面した半農半漁の土地に住んでいた伯母の家へ静養に行くことになったのです。六月六日、夜十時十分の汽車で東京を離れました。

海辺の村では、何もせずに毎日散歩をしたり、本を読んだりしていました。周防灘の波の音を聞きながら、私は利夫さんとのことを考えていました。

利夫さん、私、そして母の想《おも》いはそれぞれありますが、そんなことはおかまいなしに、何かが私たちを巻き込んで、決められた未来に向かって進んで行くような、そんな気がしていました。

二十日間ほどの療養を終え、真っ赤な社で知られる大分県の宇佐神宮のお守りを利夫さんへのお土産に、東京には六月二十八日に戻りました。宇佐神宮はそのころ、戦の神様として知られ、また近くには海軍航空隊もあったことから、身内や仲間が出征するときには「武運長久《ぶうんちょうきゅう》」を祈って多くの人がここでお守りを求めていました。

この昭和十八年から、文科系学生の徴兵猶予《ゆうよ》が国の政策によって廃止され、いわゆる「学徒出陣」が行われるようになりました。ですから私も、利夫さんもいつかは兵隊として戦地に赴くもの、と疑わなかったのです。

当時は大本営の発表に従って、新聞の紙面には毎日「勝利」の文字が躍っていましたが、終戦後になって昭和十七年の六月にあったミッドウェー海戦では日本海軍がアメリカ軍に破れ、翌年二月にはやはりアメリカ軍に敗北し、陸軍部隊がガダルカナル島から撤退していたということがわかりました。私たちが知る由《よし》もない敗け戦の影響もあったのでしょうか。このころには、食べ物も配給制が始まりました。

十八年七月に入ると、私は図書館講習所の先輩の仲介で文部省国民精神文化研究所に職を得ました。司書の資格を持っていたので職に困ることはなかったのです。今の東京都庭園美術館のすぐ傍にあって自宅から近く、通勤に便利でした。何より、体調を崩したということもあって、静かな環境で仕事をしたかったのです。

私が入る以前、研究所には三人の女性の先輩が勤めていました。しかし感染力の強い肺結核が拡《ひろ》がっており、私が勤め始めたときには資料をひとりで管理せざるをえないような人手不足の状態でした。

この研究所では、左翼思想を持っている学者や教育者が全国から集められ、合宿をしていました。世の中は国家第一主義が当たり前でしたから、彼らの思想を変えるために、著名な国文学者や哲学者が講義をしていたのです。

そんな教育機関ではありましたが、資料室には時代の生々しさは持ち込まれていませんでした。『桂本《かつらぼん》万葉集』などの珍しい本に触れることもでき、私はのんびりと仕事をこなしていたのです。

研究所は、朝香宮《あさかのみや》様のお屋敷と地続きになっていました。そのお屋敷の庭園は御《ご》料林《りょうりん》と呼ばれ、宮内省が管轄《かんかつ》していました。お屋敷はアールデコのすばらしい建築で、戦後、庭園美術館に生まれ変わりました。

広大な敷地には自然の沼があり、その沼の側《そば》に松や梅、桜などの木々が生い茂る素晴らしい景観の庭園でした。私は、小さいときに読んだ本になぞらえて、密《ひそ》かに「秘密の苑《その》」と名付けていました。

利夫さんは季節の移り変わりに敏感な人でした。だから私は、東京にもこんな自然があると教えたくて、「一度、見に来ませんか」とお誘いしたのです。ふたりでどこかに遊びに行くなどしたこともありませんでしたが、利夫さんはふたつ返事で来てくれました。

そのころ、皇族などが所有する庭園は「禁苑《きんえん》」と言われ、一般人は足を踏み入れることはできませんでした。他にも、港区高輪に高松宮様、山科宮《やましなのみや》様がお屋敷を構えていらっしゃいましたが、そのお庭も禁苑とされていました。ですが研究所で働く職員は、同じ敷地内に建物があったため、庭園に出入りすることには目をつぶってもらえたようなのです。

「職場には珍しい本もあるのよ。国文学の先生が借りにいらっしゃるんだけど、手元においておきたいんでしょうね。なかなか返してくださらなくて」

「そう。強く返してくれとも言えないだろうね。それにしても、元気に働いていて良かった。顔色も良いようだし」

　庭を廻りながら、私の好きな『万葉集』の相聞《そうもん》歌《か》の話をしました。

『あしひきの　山の雫《しずく》に妹《いも》待つと吾《あ》が立ち濡《ぬ》れぬ山の雫に』

『吾《あ》を待つと　君が濡れけむあしひきの山の雫にならましものを』

　最初の歌は「いとしいおまえを待っていると、私は山の雫に濡れてしまった」と詠《よ》み、それに対して次の歌は、「あなたが濡れた山の雫にわたしはなりたい」と返しています。相聞歌は互いの消息を尋ねあう歌ですが、恋心を詠み合うものがほとんどです。

　利夫さんは力強い男性的な歌のほか、情緒的なものも好んでいました。

『君待つと　吾《あ》が恋ひ居《お》れば吾が屋戸の簾《すだれ》うごかし秋の風吹く』

額田王《ぬかたのおおきみ》が恋しい人を慕って詠んだ「あなたを待って恋しく思っていると、私の家の簾を秋の風が動かしていきます」という情感の豊かな歌を、利夫さんは口にしました。

様々な歌をそらんじては、その解釈について話しました。『万葉集』は当時の青年の愛読書でもありました。

季節はすでに夏。木々の緑は力強く輝いていました。

八月のある日、午前中から藻塩会に顔を出し、三時過ぎにグラジオラスを持って利夫さんのいる図書室を訪れました。すでに学校は夏休みに入っていましたから、周囲に遠慮することもなく、利夫さんに会いにいくことができました。

とても暑い日で、少し外を歩けば汗がこめかみを伝ってきます。花瓶に水をはり、グラジオラスを挿すと、暑さでしんなりとしていた花が水を吸ってしゃんとしてきました。ペンを置く音がするので振り返りました。

「僕ももう帰るから、一緒に帰ろう」

机の上の本を整理し、利夫さんはいつになく仕事を早目に切り上げようとしていました。玄関を出て、いつもの通り、御茶ノ水駅に向かおうとしたときです。

「今日は電車に乗らずに歩こう」

「ええ」

歩こう、と言われたのは、初めてでした。

医学校の門を出て左に行けば、湯島聖堂の塀が続いています。塀に沿って、御茶ノ水と神田の間にあった万世橋《まんせいばし》駅の方へ向かいました。利夫さんは上京するまでの旧制中学時代、福島県耶麻《やま》郡駒形村（現・喜多方市）から喜多方市まで四里の道を、ゲートルを巻いて歩いて通った人ですから健脚です。私は彼から二歩ほど下がり、時々小走りになりながらもついていきました。

セミがせまるように鳴いていて、じわじわと暑さが体の中に沁《し》みてくるようでした。

「どこに行くのですか？」

「上野だよ。額縁屋があるだろう」

「あの山下にある……」

ふと、利夫さんの歩みがゆるくなりました。

「目標が決まったよ」

「えっ」

「陸軍の特別操縦見習士官の試験を受けることにしたんだ。そのことを話しておきたくて」

「えっ、航空に？」

私ははっと目が覚めたようでした。

（この人は日本男児だったんだ）

学生でも兵役を免れる特権をいつまでも持っていられたわけではありませんが、わざわざ徴兵前に志願する必要はありません。それでも利夫さんは、自ら志願したのです。

ふたりで向き合って話せば、これまではいつも照れ臭さが先に立ってしまいました。歩こうと言った利夫さんは、私と話すきっかけを作りたかったのかもしれません。彼の表情を探ろうと目を上げても、斜め後ろからは汗ばむ首筋と頬しか見ることができませんでした。

（陸鷲《りくわし》と言われる陸軍航空隊は軍隊の花形。それになれるとしたら、こんなに幸せなことはない）

今の人であれば考えられないでしょうが、そのときの私はそう思ったのです。純粋な学生であれば、国家を守るのは当然のこと、それがひいては家族や友人、恋人など自分にとって大切な人も守ることに値すると考えていました。利夫さんも、今の時代に何が必要であるかを真剣に考え、彼なりの結論を出したのでしょう。もし利夫さんが航空兵になれば、いつなんどき戦死してもおかしくはありません。はっきりとした恋愛感情とまではいかずとも、私はこのとき、この人に向き合おうと決めました。

試験を受ける決意は聞きましたが、利夫さんはいつ試験や合格発表があるのか、話してはくれませんでした。九月になって私に結果を知らせる手紙を投函《とうかん》されていたようですが、まだ受け取っていなかった私は、何も知らないまま九月八日に図書室に利夫さんを訪ねました。当時、郵便は都内でも相手に届くまでに二、三日かかりましたから、自分で手紙を持って届けた方が早いぐらいだったのです。

「結果はどうでしたか」と直接聞くこともためらわれ、いつものように図書室に行く口実として菊の花を持っていきました。おずおずと試験のことを口にすると「採用されたよ」と笑っています。

家に戻ると、利夫さんの手紙が机の上に置かれていました。

『試験も済み、あとは二十三日の卒業式を待つばかりとなってみると、余りにあっけない淋《さび》しさを感じ、ここ数日というもの、何ともいえぬ気持を味わって来ました。

九月に入ってからは初秋の気配深く、二階まで上って来て、机のかげなどで、さも臆病《おくびょう》そうに鳴く蟋蟀《こおろぎ》をしばらくはみつめてみる晩もあります。

今晩もまたそうした僕にさせられそうな宵《よい》。

一瞬、昔の感傷に入りやすい自分に返りそうになりますが、強く強く自分のゆく道の非常に烈《はげ》しいものであるのに気付きます。

陸鷲志願について、「我儘《わがまま》ばかり申して来て申し訳なく……」と、あなたに言わせた僕はまったく果報者でした。

僕は今、自分の希望を達し、十月一日に陸鷲として入校することに決定しました。

採用許可の喜びに心は躍りながら、電車の吊革《つりかわ》に下りながら窓に映る自分の顔を睨《にら》み続けているうちに、あなたの、魂の底深く焼きつけられたあなたの顔が何度となく重なり合って来ました。

万葉集にこんな歌がありました。

「ますらをと思へる吾や水茎《みづくき》の水城《みずき》の上に涕拭《なみだのご》はむ」

かつてなかった喜びに言い現すべくもない気持でありながら、僕は今、この歌と同じ気持を味わっています。

でも僕は安心して行くのです。

僕が唯一《ゆいいつ》最愛の女性として選んだ人があなたでなかったら、こんなにも安らかな気持でゆくことは出来ないでしょう。

またとない果報な男であったと再び言います。どんなことがあっても、あなたならきっと立派に強く生きてゆけるに違いないと信じます。

山本元帥《げんすい》の尊い死。近くは竹の園生《そのう》の御生まれでありながら、一将士として、しかも前線で散華《さんげ》された伏見伯。どうして僕らが生きていられましょうか。若い熱し切った、今にも奔流せんとする血潮をどうして押えておくことが出来ましょうか。

僕らが現在、祖国の運命を左右せんとする航空決戦に赴かんとするのは、全く自然の勢いです。やむにやまれぬものなのです。

僕は今、あなたとの交わりを一つ一つの思い出でもって、生き生きと甦《よみがえ》らせようとしています。

あなたが〝ぐらぢをらす〟を持って来て、図書室の花瓶にいけてくれた日の夜、僕は誰もいない部屋でそれを写しました（同封します〔口絵写真参照〕）。

あなたが野尻へ行って明日は帰ってくるはずという日、心に湧き出る言葉をそのまま書き留めてみました（これも同封します）。

そして十月十二日は生活会館であなた方の会の様子を、あなたの活躍ぶりを目の前にみて、楽しく一日を過ごした日でした。

日記を頼りにひろってみましたが、全部書くのに堪《た》えません。心の底に鋭く響いてくることがあまり多すぎます。

今年に入って一月二十四日の日曜のことは……。「大事なこと」と前置きして話してくれたこと。その日の日記に「格子なき牢獄の典獄《てんごく》たれ」とあなたに向って叫んでいます。そしてまたその時の手紙にも書いてあったようにおぼえていますが、日記にもやはり「あなたがあなたにとって最善と信ずる道を歩むことが、どうして自分にとって不幸な悲しいことになるはずはあるものか」と確信をもって書き留めています。

あの時の僕の気持は全く悲しい諦念に近いものでした。僕はやっぱりあなたとの生活を夢見続けていたのでした。馬鹿なことだったとあなたは言い切れますか。でも、僕にとっては、自分の将来の生活は、あなたとの家庭生活以外に想像しえなかったのです。

しかし、今の僕は未来の世界を信じましょう。

きっとそこでは結ばれるに違いない未来の世界を信じます。

病気で九州へ去った時、僕は生れて初めて祈りの心を知りました。祈らずにはいられない気持を。実に幸福感に満ちた一日一日を送りえた一年半の生活でした。すべてはあなたあったがために、わずかな時間を見つけて図書室へ度々寄ってくれたあなたに、何と言って感謝したらよいものでしょうか。〃もう帰ります〃と言われて、がっかりはするものの、その後にこみ上げてくる嬉しさ。

あなたの魂のみは、しっかり胸に抱いて他はすべて地上に還《かえ》して、あの大空へと飛び立ちましょう。

一年後の今日、僕の姿を北か南か大陸か、果して、そのいずれに見出《みいだ》し得るでしょうか。

すでに時刻は、かっきり十二時。

今夜もまた、あるかなしかの微風が部屋に涼しく流れ込んで来ますし、蟋蟀が暗《くら》闇《やみ》の中で鳴いている晩です。

あなたの面影のみ去来する頭をそっと休ますべき時刻になっています。

ひたすら御自愛を祈りつつ。

六日夜

決意

数ならぬ命なれども　おほろかに
思いはすまじ　国護《まも》る身なり

去りゆきて　行き極めなむ　吾がゆくは
皆ますらをの道にしあれば

あなたに献《ささ》げます

冬来なば　春遠からじと　いふものを
雄々しく生きよ　我護らむぞ』

「我儘ばかり申して来て申し訳なく……」

これは、あらゆる私心を捨てて国家へ向かう利夫さんに、思わず私が言った言葉でした。最も戦死率が高い航空へ利夫さんが志願するとは思わなかったからこそ、一歩も二歩も下がって、「申し訳なく」という言葉が出たのです。

利夫さんの手紙は、まるで遺言のようでした。死を覚悟しての志願ですから当然のことだったのかもしれません。私はといえば、まだこの手紙ほどの想《おも》いを持ち合わせていませんでした。こんな風に愛されていたのかと、改めて気づかされたのです。

翌日もカーネーションやグラジオラスを持って、利夫さんに会いに行きました。

「次の日曜日、図書室であなたを送り出すためのお茶会を開きたい」

と、伝えるために。

帰り道、満天の星空に、上弦の月がかかっていました。空襲のための灯火制限で、月は白く、その光は澄んでいました。蒸し暑い夜でしたが、秋の虫がチリチリと鳴いていたのをよく覚えています。夜道を歩きながら、私は食べるものもままならない今、お茶菓子をどう用意しようかと考えていました。

日曜日の午後、家から紅茶とお菓子代わりの乾パンを持って図書室に向かいました。昭和十二年に盧溝橋《ろこうきょう》事件をきっかけに日中戦争が始まるまで、毎週日曜日の我が家の朝食は父が勤めていた会社の購買部から届くパンと紅茶でした。紅茶と良質のバターと一緒に食卓に並ぶと、香ばしくて甘い香りが家中に漂ったものです。

母はまだその紅茶と白い角砂糖を残していてくれました。父が陶器を好きだったこともあり、木に果物が実る模様が臙脂色《えんじいろ》で描かれた大倉陶園のティーセットも、食器棚にしまい込まれていました。

ポット、カップやソーサーをそれぞれふたり分、新聞紙で包んで用意しました。乾パンは陸軍の食料を扱う機関である糧秣廠《りょうまつしょう》に勤める藻塩会の友人がいたので、特別にひと袋分けてもらったものでした。

大きな風呂敷《ふろしき》を抱えて図書室に行くと、すでに木綿のＹシャツを着た利夫さんがお湯を沸かして待っていました。医学校はまだ夏休み中、しかも日曜日なので他の職員もおらず、静かな午後でした。図書室の窓からは、明るくやわらかい日差しが入ってきていました。

茶色の油紙の封筒に入った乾パンをザラザラとお皿にあけ、ポットとカップをお湯で温めて紅茶を入れていると、利夫さんは閲覧用の大きな机に座り、黙って私の手元を見ていました。音楽もない粗末なお茶会。乾パンは口に含むとざらつき、硬くて甘さも全くありません。それでも、彼はゆっくりと紅茶を味わってくれました。

「今週金曜日には、一度会津に帰るよ」

「入隊の準備がいろいろとあるんでしょうね」

「両親や兄にも直接報告したいから」

「そうですか」

しばらく沈黙が続きました。

「僕たちのころには、東京帝大出の先生が分類を教えに来てくれていたんだ」

突然、何の脈略もなく、利夫さんは図書館講習所の話を始めました。門出を祝って、お別れを惜しんで、何よりこれからの単純な軍隊生活で潤《うるお》いになる思い出にとお茶会を開いたのですが、「別れ」や「悲しい」という言葉も言えず、ましてや将来にかかわる話は何もできませんでした。

航空隊はどの軍隊よりも死が身近でした。そんな将来のことは話せないというのなら、過去のこと――といっても、共通の話題は図書館講習所ぐらいしかありません。滅多にないふたりの時間で、さぞかしいろんな話ができるはずと思っていたのですが、最後まで心の内をさらけ出せませんでした。まだまだ幼さから抜け切れていなかった私が、軍隊に送り出す別れをどれだけ分かっていたのでしょうか。この日を思い返す度に、今でも心が痛みます。

私はこれでふたりの交際に区切りをつけようとしていました。「女からの手紙が届けば目の前で上官に破られ、叱責《しっせき》された上に殴られる」、そんな厳しい軍隊生活の噂《うわさ》が流れてきていましたので、もう手紙を出すこともままならないと覚悟していたのです。なんの約束もないお付き合いでしたから、入隊の日に見送りに行くこともせず、このままふたりの交際は終わりにしようと考えていました。

利夫さんが入隊する日の前日の夕方、彼が「藻塩会に送っていく」というので、図書室の入り口で待ち合わせていました。一緒に歩き出し、藻塩会の建物の前まで来ると、利夫さんは白いリボンがかけてある手紙の束を差し出してきました。

「君からの手紙を一応返しておくよ」

私が利夫さんに差し出した二十通余りの手紙に、彼が書いていた日記もありました。入隊が決まったときに、利夫さんから何か欲しいものがないかと聞かれ、お願いしていた高村光太郎の『智恵《ちえ》子《こ》抄《しょう》』も、きれいに包んで渡してくださいました。

あまりに突然のことでした。明日から軍隊に入る利夫さんが、今までのことにけりをつけたかったのだと思いました。

兄、妹、弟と勉強机を共有していた私が、夜中に起きて家族に見つからないように書いた手紙。それが再び私の手元に戻ってきました。

黙って差し出された利夫さんの右手を握り、握手をして「お元気で」とお別れしました。

家に帰り、『智恵子抄』を開くと、扉ページに、

「制空ヲ期ス　昭和十八年九月三十日　利夫」

と書かれていました（口絵写真参照）。気迫に満ちた文字からは、航空兵になる彼の決意が伝わってきたものの、『智恵子抄』にはおよそ似つかわしくないと感じたので、私は、後からそのページを切り取ってしまいました。ただこのページは今でも大切にしまってあります。

大学ノートに書かれた日記をめくると、これまで私に打ち明けることのなかった気持ちが綴《つづ》られていました。利夫さんの字は、彼の歩き方に似ています。彼は歩くと左右の肩が揺れる。彼の字も、左右のバランスが取れていないところがありました。

お茶会をした日――。

『九月十二日(日)

（略）

机上に〝グラヂオラス〟の香り馥郁《ふくいく》として放たれ、心づくしの紅茶を呑む。

万感胸にこもり話すすべもなし。

感情に鋭く触れぬことのみ話す。

忘れまじ　忘る能《あた》わず』

直接言うことはできなかったのでしょうか。私に向けた言葉もありました。

『九月十六日(木)

（略）

わずか二週にして別離と思えば一人断腸の思い。綴るに語なし。

しかし真情を話せば智恵子は泣いてしまう。いったい自分は彼女に何を話せば良いのだろうか。今後ありふれた話題に限るべきか。お互いは以心伝心をもって満足すべきか。

強かった智恵子よ。何と弱くなったことよ。

しかし人間は相反する性質をいずれか一方が勝って表面に現れていようとも、二つながら持っているとか……。

泣きたい時は泣いたがよい。

自分だって涙を見せぬとはいい、心の中では今まで何度泣いたことか。

自分は今日まであなたと想う度ごとに、嬉しさと悲しさがいつもごっちゃになって起ってきた。

むしろあなたとの交わりの間は悲懐《ひかい》の連続といった方が良いかもしれぬ。嬉しさ、楽しさというものは深さがないと、O. Wild が言った。真の悲しみこそ、深く尊い感情であるとも言った。真に愛し得る二人にとって悲懐の連続はかえって幸福な毎日であったと言うべきであろうか。

智恵子よ、幸福であれ。

真に他人を愛し得た人間ほど幸福なものはない。

自分の将来は自分にとって最も尊い気持であるところの、あなたの多幸を祈る気持のみによって満たされるだろう。

あなたを除いて軍務の余暇に自分の頭に浮かぶ人が果して何人あるだろうか。父、母、兄……。

あなたはすでに自分の肉親となってしまった。いやそれ以上……の自分と一体に。

あなたは自分と一緒に大空をかけめぐる。

雲を横切り、峰を走る。

あの高く澄んだ空を、自分はあなたの魂をかき抱いて進む。

汽車は大宮駅に停車す。自分の頭にはさっき上野で別れたばかりのあなたの姿が去来する。

泣きたくなったあの瞬間、もし人がいなかったら自分はきっとあなたを抱擁して、決して去らせなんかしなかったのに……。

何か突然自分の鼻先に、ほのかに香る芳香《ほうこう》。何とも知れぬ夢の匂いを求めつつ、その正体を摑《つか》もうと努めること数秒。ああ、それはあの図書室に香り放つグラヂオラスではなかったか？

自分の鼻には、あの匂いがまだついていたのだろうか。

たしかに瞬間的ではあったが、あの匂いがたしかに自分の身体を包んだのだ。夢なものか。〝グラヂオラス〟のあの匂いは、きっとあなたの魂の匂いに違いない。あの素晴らしい匂いは、あなたの匂いでなくて何の匂いといい得よう。

そうだ、あなたはやっぱり、自分と一緒に汽車に乗ってくれたのだ。自分と一緒に故郷に帰るのだ。

何川か、汽車は鉄橋にかかる。

相当の川幅だが、利根ではない。

流れが闇にもしろく映っている。美しい』

郷里の父親の一言で、利夫さんの意志が揺らいでしまう日もあったようです。

『九月十七日㊎

（略）

家に入り、意外にも父より愚痴めいた言葉をきき、しばしは反《かえ》す言葉もなし。

兵隊にゆくのに何も急ぐ必要はなかったのに、と言われては一体何といって答えればよいのか。

自分は兵隊になりたくて志願したのではない。自分が航空士官たらんとしたのは、最も直接に大きく国家のために働きたい願いを遂げるための手段に過ぎないのである。

しかもその願いは四囲の情勢を観ることによって、まったく切し迫った願いとして自分の心を動かしたのである。

現在航空決戦が日本の運命を左右することは、父にもわかりきっているに違いない。

航空兵の必要は今日たった今充《み》たされねばならないのだ。一刻の猶予《ゆうよ》もあってはならぬ。

たとえ反対はせずとも弱音をきかされては、まったくたまらぬ気持である。

しかし、自分はくじけない。

自分の選んだ道が我々のゆくべき唯一《ゆいいつ》の道であると、自分は信じている。

この確信はどんなことがあっても、微動だもさせてはならぬ。

兄の理解、母の強い心、共に感謝しなければならぬ。

皎々《こうこう》たる月の光。東京から眺める月も、ここから眺める月も同じ月だ。

やはり家に在ってか、あるいはいつものように本郷の通りからか、お茶の水の駅からか、どこにしても、この月をきっと眺めているに違いない。

智恵子……逢《あ》いたい。

自分はどうして帰って来てしまったのだろう。

唯《ただ》、逢いたい。一途《いちず》に――』

私は藻塩会から紹介された白柳先生の秘書を辞めたこともあり、籍こそ置いていたものの義理を欠く形で会からは遠ざかっていました。このころ男性による労働力が不足していたので女性も各地で動員され、「女子挺身隊《ていしんたい》」が結成されるようになりました。会もその時流に乗って軍需工場に奉仕するような活動が多くなり、もう自主的な勉強会ではなくなっていたのです。

それまでの私は、利夫さんを忘れるほど夢中になって、すべては「お国のため」と会の活動に勤《いそ》しんでいました。その姿を陰からそっと見つめていたのが、利夫さんです。だからこそ、彼を航空隊に送り出してしまったのは私のせいではないかと、終戦後、幾度となく苦しみました。知らぬうちに利夫さんの焦《あせ》りを煽《あお》っていたのかもしれません。私と出会わなければ、彼の人生はもっと平穏なものだったかもしれない。郷里に子供のための小さな図書館を作りたいと話していた人が、ときには手紙に「召集が早くくればいい」とさえ書いてくるようになっていました。

郷里も大学も同じだった親友の佐藤幸平さんには以前、「検事になりたい」と夢を語っていたといいます。正義感の強い利夫さんらしい夢です。彼に限らず、当時の学生は将来を描けなくなっていたのかもしれません。

大東亜戦争が進むにつれて、航空勢力の優劣が戦の行方を決めることが、はっきりとしてきました。そのため陸軍は各大学に幹部を派遣しては、学生たちにいかに航空兵が重要な役割を担《にな》うかを講義し、彼らを取り込むことに必死でした。こうして旧制の大学学部、高等学校、専門学校などの学生が繰り上げ卒業し、航空兵となることを希望していったのです。陸軍の誘いは、将来に繋《つな》がる道を目の前に示されるようなものだったのでしょう。

陸軍はそうした志願者を選考し、特別操縦見習士官に採用していました。彼らには採用と同時に、曹長の階級が与えられました。軍隊では階級が下というだけで、殴られたり、罵《ののし》られたり、理不尽なことがあると言われていましたから、最初からある程度の階級に身を置けるということは、学生にとっては魅力的に映ったのかもしれません。

世の中が航空兵を求め、利夫さんは特に純粋な人だったからこそ、直接お国に尽くす自分でありたいと願ったのでしょう。

昭和十八年十月一日朝、滝野川の下宿に佐藤さんが見送りに行った際に、記念写真を撮っています。私はその写真を、終戦後、佐藤さんから見せていただきました。下宿の板塀の前に立った利夫さんの後ろには、どこにでも見ることのできた日の丸が掲げられています。

そうして彼は、中央大学を繰り上げ卒業し、特別操縦見習士官一期生として入隊してしまったのです。

第二章　覚　悟

マフラーになりたい

利夫さんが入隊した昭和十八年十月一日には、試験で採用された千二百名の特別操縦見習士官一期生が、全国十七ヶ所の教育隊に入隊したそうです。陸軍は教官、助教ともに優秀な人材を揃《そろ》え、六ヶ月余りで彼らを実戦に耐えうる航空兵に鍛え上げました。

見習士官二期生には、いわゆる学徒出陣として戦場に向かった学生がおり、利夫さんを含め、学問を捨てて航空兵になった彼らは学徒《がくと》荒鷲《あらわし》、それを略して、「学鷲」と呼ばれたのです。私は少しでも利夫さんの状況がわからないものかと、新聞を見るたびにこの二文字を探したものでした。

少年飛行兵出身の伍長《ごちょう》か軍曹が同乗しての操縦訓練に加え、軍事学や飛行機の構造、機能までを短期間で学ばなければならない教育隊の生活は相当厳しいものだったようです。どこからとなくその様子を聞くにつけ、利夫さんとの連絡は絶たれるものと覚悟していました。

それが、あまり日も経《た》たぬうちに葉書が届いたのです。

『遠くおもふ二本の梅の薫《かお》る日を』

　という句のあとに、『はるかに誕生日を祝す』と書かれていたと記憶しています。葉書が届いた十月八日は私の誕生日でした。藻塩会で子供たちに披露する操り人形の打ち合わせがあり、帰宅時間は十一時を過ぎていました。

勉強机の上に手紙が置かれていることはもうないだろう、と思ってはいても目が手紙を探してしまう。そんな日々が続いていました。

　まさか軍隊にありながら、お便りがあるとは。嬉《うれ》しさもひとしおでしたが、何か心にざらつくものを感じました。

(またこうして、利夫さんとの交際が続いていくのだろうか。未来が全く想像できはしないのに……)

　なんて馬鹿《ばか》なことを考えるんだろうと、自分の心に怒鳴ってみても、不安を取り除くことができません。

『咲き薫る時こそあらめ　きみとわれ　心の花をあだに散らさじ』

　私も歌を一首葉書に書いて、利夫さんのもとに送りました。

　街からはすでに青年になった男性の姿は消え、いたるところに女性が駆り出されて、駅の改札にも女性が立っていました。

空襲も始まっていましたから、敵機の襲来に備えてという気持ちが働き、数日後、私は利夫さんから手渡された自分の二十あまりの手紙と利夫さんからいただいていた三十数通のうちいくつかを残して、庭で焼いてしまいました。

(利夫さんとの親交の形見として身が絶えるまで傍に置きたいと思っていたのだけれど、いたずらに思い出のみを大切にしすぎては……。敵に焼き払われるなら、いっそ自分の手で清浄な火にくべて昇華させたい)

秋晴れの高くなった空。手紙からは赤い炎があがり、煙の筋が天に昇っていきました。

(利夫さんは冴《さ》えた大空に身を捨てて、私たちの楯《たて》となるべく、ただ一途《いちず》に修練に励まれているに違いない。私も身を鍛えて、心を磨き、より高きを目指して自分を育てよう)

これで、利夫さんとの関係を清算し、心残りはなくなったような気持ちになりました。

葉書が一枚届いてからは、しばらく手紙はありませんでした。

(やはり焼くべきじゃなかったのかも)

いっときは気持ちに整理をつけたつもりでしたが、数日後には、激しい後悔に襲われていました。家族が床についた夜更《よふ》け、利夫さんの日記を取り出し、
（このノートだけは必ず必ず大切に、自分の身からは離さないようにしよう）
と心に決めました。その日記を繰り返し読んで、夜が明ける日もありました。彼の文章に刺激され、『父親としてのゲーテ』という書も手にしました。偉大な天才でさえも、夫として父親として、そして平凡な人間としての悩みを持っている。そこに自ら航空隊を選んで果敢に訓練をこなし、自我を抑えてお国に身を捧《ささ》げる利夫さんを重ねてみたりしました。

そして新聞に掲載された「学徒荒鷲」の生活ぶりを目にするたびに、過ぎてしまった利夫さんとのことをあれこれと思い出さずにはいられませんでした。とは言っても、自分から気軽に手紙を書く気にもなれずに日々を過ごしていました。

年が明けて十九年になると、私たちも周囲も野菜の切れ端が入ったような雑炊しか食べられなくなりました。そんな食糧事情では、もうお正月らしいお正月もできません。

新年早々、二日から藻塩会の活動で千葉県の落花生農家に手伝いに出かけ、四日夜九時頃に両国まで戻ってきたときには、私の体には疲れがどんよりと溜《た》まっていまし

た。重い体と心を抱えたまま帰宅すると、母親が玄関先にとんできて、

「今日、穴沢さんがお見えになったわよ」

と教えてくれました。

「えっ、手紙じゃなくて？　家にいらしたの？」

「入隊されて、最初の休暇だって話してらしたわよ」

丸三ヶ月、ほとんど連絡も取っていなかったのに、まず家にいらしてくださったとは。驚くよりも、嬉しくて、嬉しくて……。ただ、会えなかったことが残念でなりません。

夢でもいいから、お姿にふれたい。覚悟を決めたはずなのに、利夫さんの存在がこれほどまでに自分の気持ちを明るくさせてくれることに、私は改めて気付かされたのです。

一月末にも利夫さんは、目黒にいる叔父さんの家に行く前に、家に寄ってくれたことがありました。このときにも、間が悪いことに私は藻塩会として東部第二部隊軍紀祭に参列し、朝香宮《あさかのみや》師団長閣下の前を行進していました。軍紀祭は、青年たちが中心となって、「挙国一致」を合言葉に掲げて行われた行事です。

幸い、利夫さんがいらしていると妹が教えに来てくれたので、急いで帰りましたが、

わずかに顔を合わせることができただけでした。日焼けして引き締まった肌に、以前と変わらない人懐《ひとなつ》っこい笑顔がありました。

帰りしな、二月十三日の彼の誕生日のプレゼントとして、銀座の伊東屋で買ってあった犬のマスコットを差し上げました。利夫さんは戌年《いぬどし》生まれなので、お守り代わりという意味も込めたのです。

利夫さんはもう一度、家に来てくれたことがありました。同十九年三月に熊谷《くまがや》陸軍飛行学校相模《さがみ》教育隊を卒業した後のことでした。夢うつつの朝五時過ぎ、

「穴沢さんが見えましたよ」

兄嫁に起こされた私は、顔をなでるように急いで洗って身支度を整えると、慌《あわ》てて玄関に向かいました。実は、卒業されたら、もしかしていらしてくださるのでは、と待ち焦《こ》がれていたのです。

利夫さんの穏やかな笑顔はこのとき、りりしいものに変わっていました。

「突然の外泊許可が出て郷里に帰りますが、これが最後になるかもしれない」

前回とは違った、覚悟を決めた様子が感じられます。私は大急ぎで座布団《ざぶとん》を出し座敷を整えて、利夫さんにあがっていただきました。

その日は疎開《そかい》を控えた両親、長兄夫婦、早稲田大学に通っていた次兄、妹と弟、全員が揃っていました。父は私が九州の伯母のところから帰ってきた夏に脳梗塞《のうこうそく》を患《わずら》い、言語中枢《ちゅうすう》が侵されてしまったのか何を言っても笑ってしまうので、当時は長兄が家の中のことを仕切っていました。彼はシンガポール作戦で耳に怪我《けが》を負い、野戦病院に入ったものの完治せず、軍隊を引き上げてきていたのです。名古屋帝大（現・名古屋大学）経済学部を卒業した長兄は、大学の学費が免除されるほど優秀な成績で、母自慢の息子であり、両親からは絶大な信頼を得ていました。

私たちの交際を反対していた母ですが、利夫さんという人が嫌だったわけではなかったようです。私が留守にしているとき、我が家を訪ねてきた彼に「なぜ親や親戚《しんせき》がいるにも拘《かかわ》らず、この家に来てくださったのか」など、いろんなことを尋ねたようでした。何を話したのか、私には一切漏らしませんでしたが、その時、母なりに彼の人柄を察したのでしょう。以降、交際自体に反対することはなくなりました。利夫さんの清廉さから、私たちの関係を推し量ることができたのだと思います。

私は我が家までわざわざ足を運んでくださった利夫さんの傍にいたかったのですが、作法にうるさい母の目が厳しく、一緒に食事を、というわけにはいきませんでした。女性は男性に奉仕するもの。ましてや、相手はお国のために身を捧げている軍人ですから、母はこの信念のもと、私にお運びだけを命じたのです。

座敷には大きな火鉢と黒檀《こくたん》の卓がありました。兄は用事で家を出ていたので、その大きな卓で弟とふたりで食事をしていただきました。何もない時代でしたが、兄嫁が薪《まき》で大根の葉っぱや野菜の切れ端を入れたおかゆを炊《た》いて、お味噌汁《みそしる》を作ってくれました。

昭和四年に生まれた六歳下の弟は、海軍兵学校を目指していたので、利夫さんに興味津々《しんしん》とばかり傍を離れません。利夫さんは陸軍とはいえ、軍隊の生活がどのようなものなのか、聞いてみたかったのだと思います。

弟に限らず、そのころの若者の興味は海軍の軍服にあったようです。ネイビーブルーの軍服に、帽子には桜の徽章《きしょう》。真っ白な手袋に短剣を脇《わき》に差す姿は、弟ではなくても憧《あこが》れを持つ子が多かったのです。おまけに、坊主《ぼうず》にしなければならない陸軍と違い、海軍は長髪でも良かったのですから。

私はお茶を運んだり、朝食を運んだりしながら、利夫さんと弟との話に耳を傾けるばかりでした。

「何しろ短期間の訓練。技で劣るとはいえ、精神では断じてひけは取らぬ。我々がある間は必ず勝ってみせる」

今まで聞いたことのない利夫さんの強い口調に驚き、思わず顔を見ると、清らかでありながらも厳しく、心に迫るものがありました。

「『道にあたりて死をいとわず』宮本武蔵《むさし》の座右の銘です。自分も……」

と、彼は弟に話していました。そして私が傍に行くと、目を上げて、

「前線より銃後が大事な今、しっかり頼む」

こう、はっきりと言われました。

欲を断ち、全《すべ》て大義の前に身を捧げる。できることならば、そういう人になりたいと思っていた私の目の前に、利夫さんはまさに理想の姿となって現れたようでした。

食事が済むと、九時上野発の急行に乗車するというので、彼はすぐに家を後にしました。

「言いたいことは多くあるが、何も言わずに行く。ただ、この後もしっかりやってくれ」

玄関先で見送りに出た私を振り返り、言葉を残していきました。

上野駅まで見送ってあげられたら、と思いました。ですが、軍服姿の男性に女が寄り添っているのはおかしい、軍人ともあろうものがふらついている、と周りからは見られてしまうでしょう。一歩下がってついて行くのを許されるのは、母親か妻。姉妹

すら許されませんでした。男女が仲良く歩いていると、警察に「オイ、コラ！」と呼び止められても仕方のない時代ですから、「貴様らたるんでいる！　非国民が！」と怒鳴られることは容易に想像がつきます。私は、それを不自然ではないかと感じていました。

　利夫さんが去ったあと、火鉢の前に膝《ひざ》をついて何気なく中を見ると、彼が吸っていた煙草《たばこ》の吸殻を見つけました。この日、私は利夫さんが煙草を吸う姿を初めて見たのです。人差し指と中指をまっすぐ伸ばして煙草を挟み、口元に持ってきた手を、腕を伸ばしたまま火鉢に戻して灰を落とす動作が、あまりにぎこちない。彼の口から出る強い信念とは裏腹に、軍隊で覚えたであろう煙草に違和感を持ちました。

　その吸殻は、彼が口にしたもの。私は崩れないように指先で取り出し、父が箱根のお土産で買ってきてくれた寄木細工の小箱の中に、そっと入れておきました。

これが、私の手元に残る数少ない利夫さんの遺品のひとつとなってしまったのです。

『（略）

　絶えず心の鞭《むち》であったあなたに、「自分はほんとに幸福だ」の一語をのこして相模原を去る。

・

八日の朝は最後の面接にしては余りに短かすぎた。その上、万感胸に迫り語らんとして語り得なかった。しかし、自分の気持はきっとあなたの心にひびいてくれたに違いない。

自分は心から「智恵子よ　強く　そして　明るく生きよ」と祈りつづける。

いつまでも、いつまでも、自分はあなたの生きゆく正しき姿を見守ってゆく。

今更言うべきこともない。自分は過去において想像もし得なかった最大最高と誇り得る任務につき得たことを喜ぶのみ。

あなたからのマスコットはあなたの分身に違いない。常に懐中に秘めて、力の限り愛機を馳《か》ろう。

最後に前途の多幸を希《ねが》いつつ、〝さよなら〟を告げる』

彼が家に来た約一週間後、十六日にこの手紙を受け取った私は、「さよなら」という文字にうろたえ、すぐに毛筆で巻紙に返事をしたためました。

『常ならぬ御文に心躍らせつつ読みおわらせましたお手紙。

最後の一行にはりつめ、はりつめた心は一時にせき溢《あふ》れて……、前途の多幸を希うとは……。

思いきり泣きに泣いた今、かえって心は落ち着きました。

かつて一度もお用いにならなかった〝さよなら〟の文字が、かなしくしみ込んでまいります。

けれど私は信じます。お別れではなくして、より高い一如体《いちにょたい》としての新出発と。

現身《うつしみ》はいかに相離れましょうとも、心はいつもあの高く澄んだ大空をあなたとともに駆けめぐります。

雲を横切り、峰を越え、海原を渡り、何千万里の彼方《かなた》へも、お供いたして参ります。

空は永遠の魂のふるさと。

きみの御魂の永久に在《ましま》すと仰ぎつつ、淋《さび》しい時、悲しい時、あの大空を仰ぎましょう。

そして強く生きゆく努力の中からのみ真の道は拓かれることを知って、今日の深いこの悲しみが、やがては私の全生涯を貫く真の喜びに代わらんことを希い、いつの日にか、広い御胸に私を迎えて下さることを信じて、光輝あるおおみいくさにもっとも崇高なる使命へと、私のいのちを賭けたあなたを捧げ得る光栄にむせびつつ、御武運健き一日一日をひたすら御祈り申し上げております』

思えばこのころから、私たちは会うたびに、

（これが最後になるかもしれない）

と、ふたりの間に横たわる死を意識するようになっていったように思います。

三月十九日、利夫さんは教育隊の卒業式を終え、台湾高雄《たかお》の台湾第四十四部隊岩本隊に配属されました。

卒業式の前日、四谷に住む畠山《はたけやま》節子さんという方から葉書をいただきました。見慣れぬ名前にいぶかしみながら裏返すと、

『明十九日、熊谷本校にて卒業式が行われ、穴沢さんは私の弟とご一緒で、すぐ台湾に行かれます。あなたにくれぐれもよろしくということでございます』

思いがけない文面でした。慌てて腰を上げたものの、すでに鉄道の使用は日常的に制限されていましたから、切符は入手の困難な時期となっていました。たとえ親が危《き》篤《とく》だと話しても、「証明書をもってこい」と言われてしまうでしょう。

外に出てみれば、快晴で日はまぶしく、ともすればこのまま熊谷まで歩いていけそうな気分にもなりましたが、現実的に諦《あきら》めるよりほかありませんでした。

二日後、卒業式の様子を聞こうと、畠山さんに電話をしました。

「穴沢さん、お元気で台湾に発《た》たれましたよ」

彼女の明るい声を聞きながら、面会に行かなかった自分を責めました。台湾といえば、第一線も同じことです。戦局が苛烈《かれつ》になれば、どんな目に遭うのか。

四月五日、『台湾高雄州潮州街　台湾第四十四部隊　岩本隊』とだけ書かれた葉書を受け取りました。利夫さんはそこで、戦闘機を乗りこなす戦闘操縦者としての戦技基本訓練をしていたのです。海を隔てた地から葉書が届いたことに心が動かされ、机に地図を広げて台湾の高雄を調べてみると、南方に位置するこの地がジャングルであるかのように勝手に想像していました。

五月下旬には日本の情緒豊かな風景を愛する利夫さんに、少しでも内地の季節を感じてもらおうと、私は一緒に歩いた庭園の桜や菫《すみれ》を押し花にして手紙に同封しました。

『（略）

若葉の風に勢いよく上っていた鯉《こい》のぼりのお節句もとうに過ぎて、今日はもう二十余日。

さわやかな南風にあおられて、松の花粉が金粉とばかり飛び交う林の路《みち》を一人往《ゆ》き帰りしながら、時々たまらなくお話がしたくてなりません。

青葉若葉の東京は、今、本当によい季節になりました。

希望にみちつつ逞《たくま》しく成長してゆく若芽の姿に、何かと教えられることの多いこのごろです。

輝かしい太陽、美しい空を仰ぐ度、南の空気はどんなかしら……と春も一気にとび越して二ヶ月になる御地での御生活にも、もうお慣れになったことでしょう。

爆音に明けくれる御生活の寸時を、このお使いが少しでもお慰めしてくれるようにと、もっと早くお送りせねばならなかった花のお便りも同封いたしました。

鮮やかな色が永久に褪《あ》せぬようにと祈りつつ、今年は気候の関係で、とりわけおそかった桜。四月も末になってやっと開いた美しい匂いは忘れがたく、わけて人知れぬ禁苑に、この世の最美をつくしたようなその姿は、とても私の拙《つたな》い筆では現しようもありません。これでなにとぞ祖国の春をお偲び下さいませ。

紫の可愛らしいのは研究所の小路にやさしく咲き出た野すみれ。じっと首をかしげて、胸に余る思いを聞いてくれるようなその姿は、朝な夕な心の友としてどれほど私を慰めてくれたことでしょう。
あの御料林への路端に、書庫のかげによく見た紫や白は季節を過ぎたせいか、この頃はもう見えません。また来年逢《あ》うのを楽しみに。
最後に今を盛りと競うつつじの草花の可憐さはないけれど、色とりどりに咲き出た燃えるような集団美は、折から五月の青葉に映えて、目の眩《くら》むような美しさ。紅白のつぼみは……心のうちおくみとり下さいな。（略）

　女の一生は愛と忍耐の生涯であると、つくづく思います。さまざまな点から、与えられる運命の試練をおそれず誤魔化《ごまか》さずにうけ、自らを信じて、それに対してひたむきになろうと思います。

　万葉集を別便でお送りいたします。よいのが見当たらず、おそくなりましたことをお詫びいたします。持ち歩きによいようにと粗末なのでどうかと思いますが。ではなにとぞくれぐれも御健康でいらっしゃるようにお祈りしつつ、こうして離れていますと、ただそれだけが心配でございます。重ねてご自愛をお願いして。

　乗る人は何を思ひて
すゞろかに馬車はゆくらむ

空青く雲白く

窓半ば閉ぢしホテルの

うら藪《やぶ》に啼《な》ける山鳩《やまばと》

海青く

薔薇《ばら》白く

三好達治《みよしたつじ》（一点鐘《いってんしょう》）より』

もうひとつ大木惇夫《おおきあつお》の歌も入れ、少しでも利夫さんの心に潤《うるお》いが与えられればと、筆を進めました。それでも、書いても書いても、伝えきれないほどの想《おも》いが溢れ、長い長い手紙になりました。

しかし、四月の葉書以降、利夫さんからの便りは途絶えてしまいました。このときの心情を私は日記にしたためています。

『八月三日（略）

今夜は素晴らしい月夜。この美しさ極まりない空で激しい戦いがあっているのだとは……。お便りないのが気にかかる。お変わりなければよいのだけれど。

あれから一年になる。夜秋葉原への路を歩みつつ、航空士官志願の志を告げられたあの時、目標が決まり、それまでの模索から脱出した嬉しさと……尊敬心とに胸もしめつけられそうな思いをしたあの時……一年を今日でさえ遠い昔のことのよう。

あの時のこと、もっともっとお話をしてお気持をしっかり伺っておくのだったと惜しまれてならない。思えば何と無為に過ごしたそれまでだったのだろう。再び思う。もっともっとあの方を知ることに、また自分を示すことに率直でなかったのかしら。自分で自分のことがちっともわかってはいなかった気がして過ぎし日が恨めしい。

けれど、何もかもわかってくださったに違いない。時としては私自身でさえわからないことも、まことの愛の力で察してくださっていたそのことの大きな驚き。時としては意気地なく、また男らしくなくみえた様々なことも、すべては私に対する愛の心の深さのなせるものであったことを思うとき、何をもって私はお報いすることが出来るのだろうか。

人間は己を犠牲にしようとする場合は常にただ信仰と愛においてのみ。

人間が祈りを知る最初に最後のものは信と愛とであろう』

私が利夫さんの身を案じているとき、彼は台湾で四ヶ月の教程を終え、大阪府中河内郡柏原《かしわら》町（現・柏原市）にある第二四六戦隊に転属していました。この間、早稲田大学の学生だった私の次兄も召集され、九州に赴いています。

八月十二日、外出していた私は知人のところに行こうとしていたのを、何かにひきとめられているような気がして、早めに自宅に戻りました。すると驚くことに、大阪にいる利夫さんから内地帰還の知らせが届いていました。すでに戦線に駆り出されてしまったのか、それとも昼夜問わずの訓練で手紙を書く時間など持てずにいるのだろうかと思うばかりでしたので、手紙もさることながら、こんなに早く内地に戻って来れたことにうれしさが募るばかりでした。

数日後、知人に撮っていただいた写真とともに、手紙を送りました。

『度重なる敵機来襲の報に、はるか故郷にある人達のつつがなきことを誰よりも強くねがいながらペンを走らせています。

あの美しい山河が、それにも増して重要な働きの一部がどんなに荒らされているかを思うとき、殺しても殺しても、あきたりない憤《いきどお》りが沸々とたぎりたってまいります。

かねて覚悟のこととは言いながら、昨年、あの初夏の輝く陽の下で、ふるさとの空気を一杯に浴びて療養に幾日かを送ったなつかしいあの地が、かくも早く戦場と化すとは誰が信じたことでしょう。

遠い祖先の純忠の歴史。そして、祖父母、父母の尊い教えに幾多の苦難をふみこえふみこえ守り抜いて来たあとをふり返るとき、その憤りはやがて新しい決意となって身うちに迫ってまいります。

空のまもりの先頭に貴方《あなた》おわし、多くの勇士の方達のおわす以上、そして地に必勝を信じてただ働きつづける私達のあるかぎり、どうして負けるはずがありましょう。

やがてはまったく土にねて、木の根、草の根を食べる生活がはじまるかもしれません。

激しい空襲の戦塵《せんじん》が身近に立ちこめる生活にあって、私達がなお、たゆまず大きな歴史の流れに生き抜く信念をもってするならば、すべての苦難はやがて限りない希望の力となって私達のいのちをゆり動かすことと信じます。

日本人ならでは戦い得ぬ戦いに数ならぬ身を捧《ささ》げることの出来るのを、何よりも恵まれたことと嬉《うれ》しく思います。

今となっては私からも、特に申し上げることは何もありません。

ただ日本に生れ、日本を愛し、あなたにこうした御手紙の書けるのを幸いに思うのみです。

いつか会津へ御供する日を夢みていたのは、私一人のあまい感傷だったのでしょうか。

万一このまま終ったとしても、今はそれについて少しも未練をもたぬ気持になり切ることができました。

けれどなにとぞ〝さよなら〟だけは、決して決しておっしゃって下さいますな。

遠い万葉人の心のふるさとの地をお訪ねし、今度こそ私の手から万葉集をお渡し致しましょう。

どうぞお元気で。

八月二十日　』

このとき、肋間《ろっかん》神経痛を患《わずら》ったときに療養していた福岡県南部の村の近くにある海軍航空隊の築城《ついき》飛行場が爆撃されたという噂《うわさ》を聞き、私は不安にかられていました。

すでに日本国土には敵機が襲来するようになっていたのです。このまま日本が敵機の攻撃にさらされてもいいのでしょうか。

私は私なりにお国のことを考えてきましたが、ましてや、利夫さんは自分の命を捧げることになるかもしれない航空に志願したのです。利夫さんとともにいつか会津へという淡い希望はあったものの、このような状況ではお互いの道を迷いなく進んでいったほうがいいと、このときの私は思っていました。

私は利夫さんの親友の佐藤さんにも、彼が内地に戻ってきたことを知らせました。佐藤さんは商家の出で、利夫さんとは違った大らかさを持ち、信念だけに突き進むという人ではありません。戦局を見て利夫さんは自ら志願しましたが、一方の佐藤さんは、召集令状が来るまで自分の身を犠牲にすることはない、という考えをお持ちでした。

佐藤さんは利夫さんの志願を知ったときに、

「智恵子さんをどうするつもりだ」

と詰め寄ったそうです。利夫さんはこうと決めたことは絶対に譲らない、強い意志を持った人でしたから、

「国が俺たちを求めているんだ。今、それに応《こた》えずしてどうするんだっ！」

と、珍しく激しく言い返してきたといいます。

「だからといって、航空なんて危険なところへ行くことはないんじゃないか！」

「俺は兵隊になんかなりたくもない」

「じゃ、なんで……」

「国家にとって、航空兵が一番必要だからだ」

当時、私は自分の親よりも国父である天皇を大切にする「大義親《たいぎしん》を滅す」という信念を、この国に生きる男なら当然持つものだと思っていました。ですから、ふたりの間にあったやり取りを佐藤さんから聞いたときには、私は利夫さんの意見も理解できたのです。

それでも、心の中には理屈では片付けられない気持ちがひそんでいました。

「もしかしたら、ふたりはこのままで終わってしまうかもしれないと、ふっとそんな気になることもあるのよ」

利夫さんが内地に戻ってきたという話をしながら、佐藤さんにこぼしてしまうこともありました。

「彼もそんなことを言っていましたよ。気の毒なことになるかもしれない」

と応えた佐藤さんは、何か考えている風でしたが、すぐに、

「利夫に会いに行こう」

と言って、一緒に面会に行く予定を立てて下さいました。

それなのに、当の佐藤さんも愛知県豊橋市の陸軍予備士官学校へ入学が決まってしまい、仕方なく私だけ、九月のお彼岸の連休を利用して飛行部隊を訪ねました。柏原駅がある関西線の沿線には、私の好きな『万葉集』に縁のある史跡や遺跡がたくさんある。そう思えば、ひとりで利夫さんを訪ねることに臆《おく》することもありませんでした。

鉄道は相変わらず規制されていましたから、私などが切符を手に入れられるかどうかという状況でした。運よく、勤めていた研究所の先生が口を利《き》いてくれ、両国駅に勤務する女性を紹介して下さいました。切符自体はそんなに高くなかったと記憶しています。私は司書の資格があったので、大学を出たばかりの人よりも二、三十円高い収入がありました。ツテもできましたし、金銭面においても、切符は比較的容易に手に入れることができたのです。

再び面会することがかなうとは――。高揚する気持ちを抑えつつ、『万葉集』を携えて、初めて軍隊というところを訪れました。

柏原駅で部隊への道を訪ねた兵隊さんは、青山学院高等学部の学生だった方で、私が研究所にいたときの友人の夫に英文学を教わっていました。あまりの偶然に驚くばかりでしたが、利夫さんと同じ部隊にいるというので案内していただき、迷わずたどり着くことができました。飛行場というのですから、どんなに険しい道が待ち受けているかと覚悟していましたが、三十分ほども歩くと飛行場が見えてきました。

煉瓦《れんが》を積み重ねたような営門を潜《くぐ》ると、左手に面会所がありました。木のベンチが壁に沿って据えられ、長い木の机が置かれているだけの簡素な造りの建物でした。

「穴沢利夫に面会に来ました」

門に立っていた衛兵に告げると、彼は面会所で待っているよう言い残し、建物の奥に広がる訓練場に向かって行きました。

しばらくすると、面会所の引き戸がガラッと大きな音を立てて開き、利夫さんが顔を覗《のぞ》かせました。いつぞや、御茶ノ水駅で肩をついて振り返った、あの表情が思い出されます。

(私が大阪まで来ているのを見て、きっとビックリするはず)

私の予想に反して、利夫さんの第一声は、

「佐藤は?」

というものでした。にこりともせず、私を懐《なつ》かしいと思われている様子もありません。

（私を待ってたんじゃないの？）

気持を削《そ》がれ、私はすっかり小さくなってしまいました。

「あのぉ、来られなくなって……。豊橋の予備士官学校に行くことになってしまって」

さすがに利夫さんも気まずく思ったのか、すぐに訓練兵が集まる集会所に連れていってくれました。軍隊は女の行くべきところではない、行ってはならない。そう思っていたのに、足を踏み入れることができるとは思いもよりませんでした。

「わぁ」

兵隊さんが休憩を取るところなのでしょうか。面会所とそう変わらない木造りの机とベンチが置かれている広い部屋に、学徒兵と見られる二、三十人ほどの見習士官がくつろいでいました。部屋にある蓄音機からは、『学徒空の進軍』や、『燃ゆる大空』といった勇ましい軍歌が、ガンガンワンワン大音響で流れ出しています。

何ヶ月ぶりかで会うことができ、あれもこれも話したいと思っていたのに、初めて目にする軍隊の世界に圧倒されてしまって、何も話すことができません。まさか、兵隊さんたちと一緒に、女がひとりベンチに座るわけにもいきませんから、部屋の隅に立ったまま、ただただ呆然《ぼうぜん》と立ち竦《すく》んでいました。

夕方、利夫さんは営門まで送ってくれました。小雨が降り出した空を見上げながら、

「仲秋の名月の日、一緒にお月様を見ましょう」

私はこう提案しました。

「ん？」

「午後八時になったら、五分間、お月様を見上げましょう」

「ああ、そうしよう。気をつけて帰るように」

飛行場を後にする私にサッと敬礼をすると、利夫さんはパッと後ろを向き、そのまま歩き出しました。私は身動きできずに、後ろ姿を見つめていましたが、彼は振り返ることもなく去って行きました。

東京から大阪のはずれまでやってきた私に対して、あまりにもそっけない態度。御茶ノ水駅で笑顔を見せてくれた彼とは別人になってしまったのでしょうか。私の心によぎった不安は、直後に届いた手紙によって消えていきました。

『身分が、あらわに嬉しさを現すことを、言いたいことを言わすことを極度に制限する。

小雨の中に送ったあとに、しょんぼりした、たまらなく物足りない、しかも、い

らいらした感情の交錯に情けないほど弱くなった自分を見出《みいだ》す。

任官も間もない天下の見習士官が、戦闘健児が、かつて南十字星を望み、友と感傷を語った時も、黝《あおぐろ》い山腹に見る蚕舎の火を眺めて虫の声に耳をかたむけた時も、今日ほど弱い自分を見出したことはなかった。

しかし、自分は明日からの生活に今日の感情の残りが見られるほどの生ぬるい鍛え方をされて来なかったことを幸に思う。

実に台湾での生活は飛行機が参るか人間が参るかという劇《はげ》しい毎日だったのである。

自分は無駄にその毎日を経て来はしなかったのである。

明日からまた今日の感傷を洗い去り、〝マスコット〟を抱いて勇敢に訓練するであろう自分を信ずることができる。

我々の生活は想像し得ないスリルの連続なのである。それを味わったあとに、レコードを聞き、読書を楽しみ、その三昧境《さんまいきょう》に充分浸ることができるのである。

自分は簡単ながら、今日味わったたまらない気持を清算する心算で筆をとった。

わざわざ遠くひとりで訪ねてくれた心に対し、何にも言い得ないほどの感謝の念で一杯である。

お互いの感情が、自分が、ここにこうしている以上は必ず実を結ぶに違いない。自分は形となって現れる結実が自分の私的面の最大の希《ねが》いであることを明らかに、ここでつけ加えねばならぬ。

満月の晩の月をみる件は、清らかな月をふたりで同じ気持で眺めるという素直な解釈をして次の十五夜を待とう。

九月二十三日　晩

久し振りで懐かしいペンを握って実に嬉しいと思う。

ひとりとぶも　ひとりにあらず　ふところに
きみを抱きて　そらゆくわれは』

彼の思いが変わっていないことを嬉しく思いました。

私が「そっけない」と思ってしまった利夫さんの態度でしたが、後《のち》に見ることになった日記にもまったく異なる心の内が綴られていました。

『九月二十日

面会に来ると言ってくれば、やはり人情として待ち焦がれる。

首を長くして待っている中、約束の中旬は今日で終わりを告げた。

九月二十三日（土曜日）小雨

あれほど待っていた面会があっけなく過ぎ、営門から見送った時、あわれなほどしょげきった自己の姿に驚いた。

淋しい、物足りない、いらいらした感情の交錯に悩んだ。それをしかも表に現した姿。

女々しいとして一概に片づけるべきか否か……。

小雨降る中に送り出した後、むしょうにいぢらしいという気持でいっぱいである。

自分ははじめて食事も進まぬほどの胸のふさがりを感じたのである。

遠く一人で来、一人で去った智恵子がつつがなく帰郷し得るように祈る。

語るべき事も語り得ず。複雑な感情はそこから生まれたものか……。

ともに来べき佐藤が来なかったのも残念。近く予備士に入校する彼の健斗《ママ》を祈ろう。

来月の十五夜　二十時過ぎ五分間月を眺めん』

私も利夫さんの手紙を受けて、すぐに返事を書きました。

『たのしいという一語につきた旅をおえ、去る二十五日早朝、無事帰って参りました。やっぱり行って本当によかったと思います。

お元気なあなたにお逢《あ》いできたというそれだけが、それからあとのすべてを、どんなに歓ばしく過ごさせてくれたことでしょう。本当によかったと、再び言えずにはいられません。

どんな山道を、野の道を歩かなければならないかと覚悟しておりましたのに、案外の町中で、当てが外れました。予想通り戦闘隊であったということも、一層らしくお眼が輝いていたしたのも、今から思えば嬉しいと同時に、ひとしお悲しい心をどうかくしようもありません。こうした気持を単なる感傷として片隅に追いやろうとは考えません。

翌日は朝早く橿原神宮にお詣りし、神々しいあたりの風物にちょうど同じ頃、学生時代にあった旅行を思い、なつかしさでいっぱいでした。

雨に隅々まで浄められた神域に、朝日が輝いて神々しさは身内を貫き通します。きびしい戦いの日であるがゆえに、いっそうお詣りできたということが意義ふかく感ぜられました。私のお訪ねしたことが、明日からの訓練に蔭《かげ》をささぬようにと、心から希《ねが》いつつ、また信じて筆をとめます』

けれども、この後から筆まめだった利夫さんの手紙は途絶えがちになったのです。

十一月になって、ようやく送られてきた一枚の写真――。飛行帽を被《かぶ》り、腕組みをして、首には白いマフラーが巻かれている。小麦色に輝く顔は、男性であっても美しい。生死を超えた軍隊が、いかに単純明朗な生活であるのか、同じ志を持つ若い青年らの集まりがどんなに張りのあるものなのか、その活《い》き活《い》きとした表情の中に見て取れました。

（まだ大阪にいらしたんだ……）

もしかしたら、すでに前線に行ったかもしれない。体を壊しているのかもしれない。そう考えることもあった私は時折、実際には見たこともない空中戦の悪夢にうなされていました。この写真は、夢のせいで心にじんわりと広がり始めていた黒いしみをぬぐい去ってくれるようでした。

このころ、私が勤めていた研究所は、戦火で貴重な文献を失うことがないようにと、郊外の小金井町（現・小金井市）に移転し、名称も文部省教学錬成所と変わりました。都心からは片道二時間も掛かる場所だったため、職員は三分の二ほどになり、所内は閑散としていました。移動した先は立川飛行場に近く、訓練なのでしょうか、空にはいつも練習機がありました。

私は、すぐに返事をしたためました。

『お手紙手にして、やっぱり大阪にいらっしゃったと心の底から安心しました。

（略）

蔦《つた》ももうこんなに色づいて、秋は日ましに深まり、この頃の朝夕は冷たさが身にしみるようになりました。

往復四時間の小金井への道も、はじめは中々大変だと思っておりましたけれど、この頃では、それももう気にならない位になり、行ってしまえば、かえって武蔵野《むさしの》の清い空気をよろこび、雑木林の散策に、あの何ともいえぬ香りをなつかしんで、今ではもう離れ難いものになってしまいました。

目黒の御料林にも劣らぬ静かな、そして、宏大《こうだい》な自然の中で一途《いちず》な希望にいのちを賭《か》けて過してゆける日々が、どんなに私を健康に明るくさせてくれるか、あなたならよくわかって下さると信じます。

時として耐えられない思いに身はもだえつつ苦しみつつも、眼に見えぬ不思議な力がいつも私を励ましてくれます。

自分の思うままに、人のためにつくしてあげることができたら、人間はもっと安らかになれるでしょうに。

終日、頭上をゆく色鮮やかな練習機の横転、反転、宙返り等、かつてのご生活を、お心をお偲《しの》びしつついつか私の心も大空いっぱいにひろがってゆきます。

俗世間的な大人達の余りにも多いこの世に比べて、悠久と流れゆく雲を羨《うらやま》しく思うのは、私一人ではないでしょう。眼をさます美しい紅葉もやがて終り、木枯《こがら》し吹く冬が間もなく訪れてまいります。

〝冬来なば春遠からじ〟遺《のこ》してゆかれた歌の現実の春を、あなたがいつ私に与えて下さるのでしょう。

あなたの為《ため》になら、火にも水にもと思う私があることを、なにとぞおそれず想《おも》い起こして下さいませ。

そして、一日も早く私が新しい生活の名のもとに、光栄ある生涯の第一歩を踏み出すことが出来ますように。

代が代なら、時が時なら、この頃はいっそう切にそれを思います。

父も母も兄も姉も、今はすべて理解し信じてくれています。

飛行機乗りの心理がどんなか、今はそれをこまかに解剖する余裕もありませんし、そんなことは私には不必要です。

ちょっとの甘えた感情の私的面を云々《うんぬん》することの許され難い軍隊のご生活を知りつつも、敢《あえ》て書かずにはいられない気持でペンを走らせました。

会津のお父様、お母様が何とおっしゃいますか。はかり知るところではありませんけれど、あなたからどうぞ具体的な話の緒をお開き下さいますよう。

二人以外の現実がどう拓《ひら》けてゆくか、結果は問いませんけれど、ただどんなことがあっても、私のあなたに対するいのちのつながりは、今後ますます強く、高められてゆくばかりであろうということを、ひとしお深く信じております。

現実の種々相《しゅじゅそう》にふれて心を煩《わずら》わすことがあるかも知れませんけれども、結局私の心を一番よく知ってて導いて下さる方は、あなただけです。

お互いの感情が、ここまで来た以上、ゆきつくところに早くゆきたいと思うのは、自然の流れと思います。

あなたによって私が更に深い幸《さち》を摑《つか》むことが出来ますように。
思いのままを、おそまきながらお伝え致しました。
ご健在をお祈りする私の心に変りはありません。

十一月二十二日　』

新聞には「特攻隊」という言葉が少しずつ見られるようになっていました。噂《うわさ》では、特攻隊になりやすい条件として、長男でないこと、独身でありパイロットであることなどが挙げられていました。利夫さんは、見事にその条件に当てはまります。ハッとして利夫さんの写真を見ると、彼の未来がどんどんと特攻隊に近づいていくように感じられます。私は、このままではいけないと焦《あせ》りました。今読み返しても、手紙の中に急激な気持ちの変化が見て取れますが、利夫さんに対してうやむやな態度を取り続けてきた私でも、家庭を持ちたいという利夫さんの希望をかなえてあげなければならないと考え始めたのです。

利夫さんから九月にいただいた手紙には、「必ず実を結ぶ」「形となって現れる結実」とありました。これは私たちふたりがいつかは結婚する、と意味しているのだろうと私は思いました。

（どんな時でも、利夫さんからは想いを与えてもらうばかりだった。今度は私から何か彼のために……）

私はまたペンを取りました。

『下さったお写真をみながら、替れるものなら、あの白いマフラーになりたいなあーと思いました。

神聖な帽子や剣にはあまりなりたくはありませんが、何気なくまかれ、いろいろ重宝な、そしていつも離れない、あなたのマフラーになら、なりたいと思います。

こうして離れていますと、ますますつのるばかりです。

何で？……おわかりになりますわね。

十一月二十三日　』

あなたのマフラーにならなりたいと思います――。

これは、私なりのプロポーズの言葉でした。

手紙には、私の写真も同封しました。研究所の上司が撮ってくれた写真の中で私は、空を見上げて笑っています。身につけているワンピースは、初めて利夫さんと出会った図書館実習のときに着ていたものでした。

　昭和十八年九月、入隊が決まった日の利夫さんの日記には、

『許してくれ。自分の身体《からだ》は自分のものでなく、あなたのものでもなかったのだ』

　とありました。

　これを読んだときの私は肉体などというものを考えたこともなく、顔が赤らんでしまいましたが、このころから彼の未来の家庭の中には、私がすでに存在していたのでしょう。

（長いこと真を尽くしてもらったのに、私は何も応《こた》えていない。今こそそれに応えなければ、機を失するかもしれない。彼が願うことならば、何でもしてあげたい）

　私自身が結婚したいと強く思っていたわけではありませんが、結婚することで利夫さんの気持ちが満たされるのであればそうさせてあげたい。直截《ちょくせつ》的な言葉ではないけれど、どう相手が受け取ろうとも、「あなたの思うとおりのことをしてください」ということを伝えたかったのです。

　しかし、十九年十月に陸軍少尉へ任官した利夫さんは、九月にくださった手紙の文面とは裏腹《うらはら》に、結婚に対して迷いが生じていたようです。どこに向かうかわからない

将来に私を引きずり込んでもいいのか、生真面目《きまじめ》な彼は、心の中で葛藤《かっとう》していました。

それを少しでも軽くしてあげたい。私はその一心でした。

そんな折、こんな手紙が届きました。

『十二月に入ってからも、思いがけず大阪の地から手紙を差上げるという、ただそれだけに非常な喜びを感じつつ、二人の間にどこまで偶然がつき纏《まと》うだろうかとも考えながらしたためています。

そうした自分が思いがけぬ時、しかも何時《いつ》までとも測り知られぬ時に恵まれて、ゆっくり筆をとることができました。

所詮《しょせん》いつとはわからぬまでも、おそらく近い中《うち》に、還《かえ》らざる任務につく自分には話したいことのみ多く、筋をたてて話すことは出来ないまでも、やはり貴女《あなた》と直《じか》に二人きりでお話する以外に手はないようです。

こちらからお訪ねすることのできないのを非常に残念に思います。

十二月七日　』

「還らざる任務」。その言葉に目を奪われました。

一ヶ月ほど前のフィリピン決戦では、陸海軍の航空主力が投入されていました。十一月四日、大本営は利夫さんのいる第二四六戦隊にも、フィリピン島への転用を発令しています。本隊が出征し、残った特別操縦見習士官を中心に残置隊が編成され、彼らはより激しい訓練に身を投じなければならなくなっていました。サイパンに進出したアメリカ軍が、いつ阪神地区へB29を差し向け、空襲を仕掛けてくるかもわかりません。ときは逼迫《ひっぱく》していました。

そうこうしているうちに、「特攻隊」のニュースがより頻繁に報じられるようになってきました。フィリピンのレイテ沖海戦において、「神風《かみかぜ》特攻隊」という、海軍の飛行兵の活躍と戦果が、判で押したように「勇ましい」「勇ましい」と華々しく伝えられます。

（こんなことをしなければ、日本は勝つことができないんだろうか）

最初こそ、勇敢な飛行兵と利夫さんを重ね、私までもが偉くなったような気分でいましたが、幾度となく伝えられる体当たりの作戦に、生身の人間としての彼らの気持を考えるようになりました。

飛行兵は必ず「にっこり笑って」飛んでいき、戦いの状況はといえば、勝利ばかりが伝えられます。しかし、その一方で、市民はご飯も満足に食べることができない。

日用品を買うこともできない。どうしようもなく生活が苦しいのです。

勝ち戦ならば、特攻隊のような切羽《せっぱ》詰まった作戦を行わなくてもいいのではないのだろうか。国を信じ、国のために絶えず活動をしていた私でさえ、この頃になると、報道されていることが信用できなくなっていました。

その矢先に、「還らざる任務」とは……。何度も文字を見つめ返し、いつの間にか、手紙を強く握り締めていました。

『軍人に死は必然であるかも知れないけれど絶対的なものでなし』

あるとき、利夫さんが手紙にこう書いてきました。この言葉を見たときに、私はどんなにか胸を撫《な》で下ろしたことでしょう。本人が「死は絶対ではない」と言っているのですから、自分から死を無駄に招きいれることだけはしないはず。時折、不安がお腹《なか》の底から湧《わ》き上がり、胸を突き上げるときがありましたが、そのときには彼が書いたこの言葉を反芻《はんすう》しては、気を引き立たせていました。「還らざる任務」は、それすら打ち消してしまうのでしょうか。

自ら命を捨てる覚悟があると記された手紙を受け取ると、取るものも取りあえず、大阪に向かおうと思い立ちました。ところが、彼が手紙を書いた七日には遠州灘《えんしゅうなだ》沖で地震が発生していたのです。三重県や愛知県、静岡県で千人以上の死者を出した大地震だったと知ったのは後になってからで、当時の軍事一色の報道では詳細な被害状況を知ることができませんでした。

いつも知り合いが切符を用立ててくれる両国駅に行くと、駅は人で溢《あふ》れていました。

「東海道線は地震で不通になってしまったんですよ」

「ええっ。どうしても、大阪に行かなくちゃいけないんです。何とかできないでしょうか」

多くの人に繰り返し尋ねられていたのか、駅員はすぐに答えてくれました。

「中央線を使って名古屋まで出て、そこから大阪行きの汽車に乗り換えれば。時間が掛かってしまうけど」

「それでもかまいません」

十二月十三日、私はブラウスにセーターを着込んでコートにマフラーを巻き、赤いボストンバッグひとつを持って出掛けました。グレーがかった紫色に紺と赤の細かい格子《こうし》柄《がら》が入ったマフラーは薄手でいて暖かく、戦況が厳しくなる前に父が買い求めてくれていたイギリス製の上質なものでした。機能的であることはもちろんのこと、大切なお気に入りのマフラーでした。

窓からも人がはみ出さんばかりの車内。私は、職場の友人と一緒でした。

「穴沢さんに面会に行くの？」

「ええ……」

利夫さんに何を聞けばいいのか、話さなければならないことは何か。頭の中はそればかりで、友人への返事もうつろでした。埃《ほこり》っぽい車内も、気になるどころではありません。ずいぶん、夜も更《ふ》けてから大阪に到着しました。

その日は友人の家に泊めてもらって、翌朝、関西線に乗って柏原に向かい、午後二時ころ、部隊にたどり着きました。土間のような面会所のベンチに座ると、少し離れたところに女性がふたり座っています。

「あなたもどなたかお待ちですか」

声を掛けられて、顔を上げると、粋筋《いきすじ》の袖《そで》の短い着物を着た女性が立っていました。うっすらとお化粧をし、紅もさしている女性たちのあまりの美しさに息を呑《の》みました。東京ではモンペ姿の質素な身なりの女性がほとんどで、色彩も情緒もない日常が当たり前のようになっていました。派手なわけではありませんが、身なりの良い女性から「学生さん？」と問われ、実際よりも自分が幼く見えることに恥ずかしさを覚えました。

「いえ、働いています。今日は面会に来ました」
「あら、そう。私たちも面会に来たの」
このとき、彼女たちは面会するはずの人の名前を口に出しませんでしたが、後に利夫さんと同じ特操一期生だった熊谷《くまがい》吉彦《よしひこ》少尉だったとわかりました。自分たちの素性についても語ろうとしませんでしたが、その外見から芸者さんだということはわかりました。

その後、お会いする機会のあった熊谷さんは、女が勝手に追いかけてくる、という雰囲気を持ち合わせた、見目うるわしいと言っても過言ではないほどの男性でした。

何かと話しかけてくれる女性たちと言葉を交わしていると、いつの間にかずいぶんと時間が経《た》っていました。朝に友達の家でわずかばかりの雑炊を啜《すす》った後、何も口にしていませんでしたが、不思議なことに空腹はまったく感じませんでした。

そのうち、面会所には黒い布に覆《おお》われた薄ぼんやりとした電灯がつきました。空襲があれば、いつ停まってしまうかわからない東京行の汽車の時間も気になります。今日は会えるのだろうかと不安になりました。泊まるつもりもなく、宿も取っていません。

七時を過ぎたころでしょうか。

「ただ今、訓練が終わりましたので、穴沢少尉殿のところまでご案内いたします」

勢いよく戸が開けられ、下士官が迎えに来てくれました。下士官の後ろについて、長い廊下を歩くと、だだっ広い十畳ほどの部屋に案内されました。その入り口に戦闘帽を被《かぶ》り、飛行服を着たままの利夫さんが立って待っていました。

薄暗い室内に目を凝らすと、奥には棚があり、毛布がたたんで入れられています。本の一冊もない、これ以上ないというほど殺風景な部屋は、寒々しい感じがしてなりませんでした。しかし、そんな部屋でも、少尉になっていたからこそ与えられた部屋だったのです。

「随分、待ったんじゃないか。待たせて悪かったね」

「ええ、でも女の方がふたりいて、相手をして下さっていたから」

「ちょっと訓練が長引いてしまって、申し訳ない」

相変わらず小麦色の頬が美しく、惚《ほ》れ惚《ぼ》れとしてしまうようでした。私たちは部屋の入り口で立ったまま話しました。聞かなければならないことを、いつ話し出そうかと見計らっていましたが、どうでもいいことばかりが口をついてしまう。

「大きな地震があって、東海道線が通らないから、中央線を使ったのよ」

友達の家に泊まったこと、どういう友達なのか、面会所で女性たちと話したこと、

そんなことばかりを話す私を、利夫さんはじっと見つめていました。彼の目が私の心の深いところに飛び込んで来て、

（何も話さなくても、君の思っていることはわかっているよ）

と言っているようでした。死を目前にした眼は、かつて誰にも見たことがないほど澄んでいました。

いつの間にか、私も黙ってしまいました。離れていれば会いたくて会いたくて仕方がないのに、会えばいつも緊張から口数が少なくなる。

「ちょっとそのマフラーを貸して」

私は首のマフラーを解《ほど》くと、折りたたんで手渡しました。すると、利夫さんは飛行服の首元にあった白いスカーフをはずして私のマフラーを首に巻き、その上にスカーフを重ねました。何をするのだろうと、手元を覗《のぞ》き込んでいた私を見て微笑《ほほえ》み、

「こんなに遅くなるとは思わなかった。送るよ」

あなたのマフラーになりたい――。プロポーズをした私への返事でした。

彼の身に何時までも連れ添っていけたら。飛行機の足元に潜んで、彼と一緒に飛び、散っていければ……。

こんな思いが頭をもたげました。

利夫さんはそのまま将校マントを羽織ると、自転車を押して駅まで送ってくれました。「還らざる任務」については、まだ一言も話していません。

「どんな飛行機に乗っていらっしゃるの？」

「戦闘機だよ」

「じゃ、ゆくゆくは……」

そこで、利夫さんはスパッと断ち切るように話を変え、友達の佐藤さんと行った登山の話を始めました。

触れてはいけない話題だったのです。特攻隊の存在は、すでに新聞がいくども報じていましたが、具体的な任務は機密事項だったのでしょう。もし、少しでも機密に当たるようなことを漏らしたりすれば、どこで目を光らせているかわからない特高警察に通報されていたかもしれません。最後まで「特攻隊」という言葉を口にすることはありませんでした。

利夫さんの態度からむしろ、私は彼が「特攻隊」になったことを確信しました。いつもは無口な彼が自転車を押しながら話をしているのに、言葉が全く耳に入ってきません。やっとお互いの気持ちを確認し合えたのに、またお腹の中に重い塊が落とし込まれたようでした。マフラーのなくなった首元から、冷気が体に入り込んできます。

飛行場に近い駅には、多くの旅館が立ち並んでいました。食事も付かず、お風呂《ふろ》もない、相部屋は当たり前というものでしたが、そこに女性がひとりで「泊らせて下さい」と言っても受け入れてもらえません。ですが、当時は軍人が一緒に行けば、身元保証ができたとばかり、すぐ部屋に通してもらえたのです。

このときも利夫さんが旅館に口を利《き》いてくれました。旅館の前で私に、

「これを持っていてくれ」

と、小さな木製の戦闘機「鍾馗《しょうき》」の模型を渡すと、自転車にひらりと鮮やかに飛び乗りました。

「気をつけて」

私の声を背中で受け、利夫さんは暗闇《くらやみ》へ吸い込まれていきました。

旅館では、小さい女の子を連れた夫婦と相部屋になりました。三人の立てる寝息を聞きながら、利夫さんの深い眼差《まなざ》しとマフラーを巻く手、話を遮っても何事もなかったように装《よそお》っていた横顔が、瞼《まぶた》の裏に浮かんできました。私の頭は冴《さ》え渡るばかりでした。

第三章　婚　約　たった一晩の子守唄

柏原《かしわら》を訪ねたころの私は知る由《よし》もありませんでしたが、戦後、利夫さんと同じ隊に編成された方に伺ったところ、昭和十九年十二月初めには、利夫さんはすでに特攻隊に指名されていたことがわかりました。
「還《かえ》らざる任務につく」と、私への手紙に書いた翌日の十二月八日、長谷川実大尉《たいい》を隊長として四つの戦隊から利夫さんを含む十二名が選ばれ、柏原の大正飛行場（現・八尾空港）で第三振武隊として編成されていたのです。その内の半数が、利夫さんと同じ特別操縦見習士官一期生でした。

戦後、特攻隊として出撃しながら、何らかの理由で生き残れた方にお会いしたときに、特攻隊には自ら「熱望」と書いて希望した人もいれば、上官に「希望者は一歩前へ出るように」と言われ、後の報復を恐れて足を踏み出して志願した人もいたと聞きました。

私が柏原から東京に戻ってまもなく、利夫さんの所属する第三振武隊は、大正飛行場から三重県の亀山《かめやま》にあった北伊勢飛行場に拠点を移しました。彼らが移動手段に使用したのは、自分たちが乗る戦闘機「隼《はやぶさ》」です。

『柏原の駅に送った翌日轟々《ごうごう》の爆音を生駒《いこま》、金剛《こんごう》、二上《ふたかみ》の懐《なつか》しき峰々に沁《し》み込ませつつ、由緒《ゆいしょ》深き河内《かわち》を後にしました。

途中雲と悪気流に悩まされはしたものの志気旺盛《おうせい》にて到着。

白雪におおわれたる鈴鹿《すずか》の山々を渡り、谷に荒《すさ》び、吹き寄せる寒気劇《はげ》しき空っ風の中を、連日猛訓に精進中。ご安心の程。

幸い亀山の町に戦友と二人で下宿を求め、一日の疲労を家族的雰囲気の中に慰して畳の上での地方気分を楽しんでいます。

襟巻《えりまき》は現在持っているものの中で、唯一《ゆいいつ》のあなたの身につけたもの。

感一入《ひとしお》で四六時中愛用致しおり。

戦友の冗談も馬耳東風。（マフラーになりたい等と言うなかれ）（略）

十二月十六日』

この手紙は、柏原から亀山に移動したことを知らせるために送ってくれたものでした。

長谷川隊長は情の厚い人柄で、士官学校では兵を統率するすべを徹底的に学んできた方でした。南方戦線の歴戦の勇士でもあり、若いのに世の酸《す》いも甘いも知っていらっしゃるようで、「男が惚《ほ》れる男」と隊員に慕われていたそうです。急ごしらえと言ってもいいほどの部隊でしたが、結成された当初から「今日より死ぬときは一緒」と、長谷川隊の団結力たるや相当なものだったといいます。隊員たちが合言葉のように口にしていたのは、「必死絶殺《ひっしぜっさつ》」という言葉でした。

　こうした軍隊の合言葉のようなものは、新聞やラジオでも盛んに報道されており、当時の国民の中にも、「敵は一人も許さない」という考えが常識としてありました。昭和二十年の初め頃でしょうか、故障した飛行機から落下傘《らっかさん》で降りてきたアメリカ兵が、品川近くの小学校に逃げ込んだことがありました。捕らえられたその兵隊は、みんなが見ている中、後ろ手に縛られて立ったままトラックに載せられ、高輪から伊《い》皿子坂《さらござか》を通り田町の方へつれられて行きました。私は、金髪で真っ白な肌の、桜色の頬をした若い兵隊を見ながら、

（この人も殺されるんだろうか。一体、どんな殺され方をするんだろう。殺さないで欲しい）

と思ったものです。決して口には出せませんでしたが、殺伐とした世情にあっても、

私はこんなヤツ殺してやれ、とは思えませんでした。

利夫さんと私は互いに結婚の意志を確かめ合いましたが、ふたりの前途は幸せなものでも、夢があるものでもありません。

脳梗塞《のうこうそく》に倒れた父は、昭和十九年四月、母と福岡県南部の村に疎開《そかい》しました。私が肋間《ろっかん》神経痛を患《わずら》ったときに療養をしていた土地です。続いて、海軍に入るはずだった弟が二次試験で肺浸潤が見つかり、治療のために栄養補給をしなければならないと、両親の下へ行きました。

私は小金井の文部省教学錬成所に勤め続けていたので、両親と離れて暮らすことになりました。自宅には長兄、私、妹が残っていました。兄嫁は十八年八月に娘が生まれると、その子の離乳食が必要なため、食料のない東京を離れて福岡県の実家に疎開していたのです。

母は利夫さんのことを「感じの良い青年」と思うようになっていましたが、交際を了承するというところまでは至っていませんでした。母が疎開する直前まで、私たちは何度も話をしました。

「反対しようと何しようと、利夫さんとの交際は続けようと思っています」

将来、娘に惨《みじ》めな思いをさせたくない。そう思っている母は、私の幸せを願えばこそ、そうやすやすと結婚を認めるわけにはいかなかったのです。

「航空兵は、いつどうなるかわかりませんよ」

予想していた通りの答えでした。それでも彼の死が目の前にあることは、私自身が何より承知していることです。

「航空兵だけじゃないわ。私たちだって、どうなるかなんてわからないじゃない」

「それはそうだけど……」

「私も、お母さんたちも、お互いいつ死ぬかわからないんだから」

空襲が始まっていましたから、一般市民であっても命の保障はどこにもありません。それに、多くの青年たちが戦争へ駆り出された今、利夫さんに替わる結婚相手もいないという現実もありました。

「父《てて》なし子だけはいけません」

と、母は子どもを作ることのないようにと強く釘《くぎ》を刺していました。しかし最後には、娘がもし大変な人生を背負う羽目になっても自分たちが守っていけばいい、とまで思ってくれるようになっていました。

両親が疎開すると、家長を務めていました長兄も、結婚を前提に話を進めている私たちのことを黙って見守ってくれていました。

（これでいつでも利夫さんのところに行くことができる。彼がしたいと思うことは何でもさせてあげたい）

やっとこれからと決心を固めた矢先、思ってもみないことが起こりました。利夫さんからの手紙で、両親と家督を継いでいるお兄さんから結婚を強く反対されている、と知らされたのです。時期尚早だと母親が強く反対し、一度兄を亀山に呼んで話をしたいと思っている、と手紙には書かれていました。

利夫さんはそれまで、交際している女性がいるということすら実家に話していないようでした。私自身が利夫さんと結婚する決意を固めるまで、交際を避ける素振りをしていたからでしょうか。

（それにしても、実家に何も言っていなかったなんて。突然、結婚したい人がいる、なんて言われたら、都会の娘に息子が騙《だま》されたと思うんじゃないかしら）

私が母に交際を認めてもらおうと必死だったときに、利夫さんはご両親に何の根回しもしておかなかった。そのことで私は初めて利夫さんの行動に不満を感じました。なぜ利夫さんはご両親と話し合いをしてくれていなかったのでしょう。

昭和二十年になると、誰も口にはしませんでしたが、この戦争は負けるんじゃないかと思っていた人は少なかったはずです。市民の生活は苦しく、闇《やみ》で米や砂糖などの禁制品の売買がされていないか、街角では絶えず特高警察が目を光らせていました。私が社会人として初めて働いた貿易研究所の所長だった宇野先生は、奥さんがドイツ人だからというだけでスパイとして疑われ、同僚だった女性も共産主義者として特高に引っ張られたと風の噂《うわさ》で聞きました。ドイツと日本は協定を結んでいたにも拘《かかわ》らず、外国人というだけでスパイとみなされたのです。

何かが終わりに近づいている、世の中の様子はそう思うには充分でした。

（このままでは、利夫さんに何もしてあげられないうちに飛び立ってしまうかもしれない）

切羽詰まった私は、長兄に相談しました。

「実は、むこうのお家《うち》が結婚に反対しているのよ」

兄は少し考えるようでしたが、

「相手の親が了解しないんだったら、結婚はしない方がいい」

「どうして？」

「考えてもみろ。お前が嫁ぐ先なんだ。お前が一生付き合わなきゃいけない相手なんだぞ。そこの了解を得ないで結婚なんてできるわけがないだろう」

そんなことはわかっている。私は下を向き、黙って聞いているしかありませんでした。

(私たちはそれを乗り越えようとしているんだから、そのためにはどうしたらいいのか聞きたいのに)

両親に家を任された兄は、世間の常識に反するようなことは言えない、と思っているようでした。

「こちらから相手の親に、ふたりの結婚を認めてくれと話をすることはないからな。相手の出方を待つしかない。お前の一生を考えると、今のような状況では嫁にやれんな」

私の考えを読んだように、兄は言い含めるのでした。何も言わず兄をにらむと、私の目から何かを悟ったのでしょう。

「本人同士が結婚を考えていたとしても、所詮《しょせん》は家同士の付き合いになるんだ。向こうがどうぞ智恵子さんを下さい、と言ってきたら、兄として何でもしてやる。反対されているところに、お前を嫁にやって、みすみす苦労させるわけにはいかないんだよ」

思うとおりにやれ、と言ってくれれば尊敬したものを、と不満を持つ一方で、兄の言うことはもっともだとも思いました。時代からも肉親からも、そして何より利夫さんからも追い詰められたような気持ちになり、私は焦《あせ》っていました。

土壇場《どたんば》の出来事に私の気持ちも揺れ動き、戸惑うばかりの心境をそのまま利夫さんへの手紙に綴《つづ》ってしまいました。

『お手紙確かに拝見いたしました。冷静に読めましたことを嬉《うれ》しく思います。

かねて思わぬでもなかった最初の試練が与えられました。

お母様の仰《おお》せ一面、ごもっともなこととうなずけます。戦いはげしき世とは申しながら、奥深い田舎にあっては、まだまだ平和境。その上、人生の大半を平穏無事な時代に、世の常の道をふみ来られたであろう大人達の心を思いますれば、かえって今の私達の気持をわかってと希《ねが》う方があるいは無理なことかと思います。

またじっくりと話し合えば、わかっていただけることも文通のみによっては、完《まった》き意思の疎通をはかることは、なおさらむつかしいこと貴方《あなた》のおっしゃる通りと私も考えます。

お兄様をお呼びになりました由、都合よくおいで下されば幸ですけれど、軍、公務以外の旅行はかなりきびしい制限をしています現在、亀山までは、とてもお出かけになりにくいことでしょう。

事の意外な成行きに無為に日を過ごさねばならないことに身をけずられるような思いを味わい苦しんでおります。

普通のときならいざ知らず、今、時期を待てとの理由のみで、それほどまでに強い反対をなさろうとは、どうしても考えられません。

親には親としての、子にとっては理解しにくい種々な事情もあり、また見えざる世の掟《おきて》というものが無意識のうちにいわゆる大人達の魂をしばりつけていることもありましょうし、思いやればきりのないことですが、一方、新しい時代によって生み出された新しい道徳というものには、一向無関心というより、理解しようとしない態度にいい知れぬ憤《いきどお》りと憐《あわ》れさを感じているこのころです。

私達の周囲にそうした意味でのどんな障害があるかは知りませんけれど、これは貴方と私の力によって必ずとり除かなくてはならないこと、またそうさせないではおかぬこと、明らかです。

周囲に動かされず、信ずる道をひたにすすめよと天の声が聞こえます。真正面から喜んで、私はこの試練にこれからの試練にぶつかってゆこうと思います。

必ず必ず道は拓《ひら》けます。

あなたのお家でこのことに関して反対をなさっていることを兄が知り、どう思っているかをたずねましたところを正直にお伝えしますと、「先方両親の意思表示の何らない現在としては積極的に進ませる考えはなく、ただご両親の出方を待機するのみ」そして「たとえ本人同志がそうであっても、所詮《しょせん》は家というものに包まれることゆえ、先方の家風、親兄弟の人となりを第一に考えねばならぬこと。しかして果たしてそういう中にあって、先の長い一生をうまく過ごしてゆけるや否やを充分考えてからねばならぬこと」要するに「目下《もっか》不偏中正の立場、積極も消極もない白紙の考えである」旨、申しておりました。

私はこの意見に大変不満です。一応はおとなしくうなずくことはできますが、兄もまた俗世間にもまれた古き魂の持ち主であることを知ってがっかりしました。もっとも両親よりすべてを任され、家のためにも世間に対する体面の上からも、もっともことなかれと願っている。こうした態度を非難するつもりはありませんけれど、あまりに傍観的過ぎて癪《しゃく》にさわります。

けれどこれはあなたのお家の意思表示がありさえすれば、解決はつくものと苦にしないことにしました。

結局、今の問題はどんなことがあっても、まずあなたの周囲を動かさねばならないこと。そして第二案の実現は絶対であることを、私の意志として改めてお伝え致しておきます。

いかなる困難なことも、まことをもって当たるならば、拓けぬはずはありません。他からみれば異常な決意も私にとっては当然な覚悟です。

火にも水にもと思う私をどうぞ恐れず信じて下さいませ。

私が決して弱い人間でなかったという自信を、ことを、ここまでに至らせた一事によっても強く得ることが出来ました。これから後もそうである自分を信じることができます。

こうしている間も、時は惜しげもなく過ぎてゆきます。直接、お母様を動かす力が今の私にないことを残念に思います。

あなたを頼み、事態の一秒も早く好転することを神かけてお祈りしております。

（略）

一月十一日』

そんなある日、小金井の勤め先から帰る道すがら電車が御茶ノ水の駅に差し掛かると、夜空に冷たく輝く星が目に入り、御茶ノ水駅で図書室の窓の明かりがいつ消えるかと待っていた日々が思い出されました。あの日も、ホームからこんな風に星空を眺めていた。でも、御茶ノ水駅を電車が通過するたびに見上げる図書室の窓にはもう、利夫さんはいないのです。

　夜空は静かに澄んでいました。その下にいると、私の荒れた心も慰められていくようでした。

　考えてみれば、利夫さんこそがこの状況を一番身に沁《し》みてつらく感じているはずです。私は以前に手紙で「（会津のご両親に対して結婚の）具体的な話の緒をお開き下さいますよう」と利夫さんを急《せ》かすように書いたことがありました。私が彼を焦らせ、苦しめているのでしょうか。

　ただでさえ利夫さんは、死に向かっての訓練を重ねるという過酷な境遇にいるのです。私は自分のことだけを考えていたのでしょうか。

　そんなことを思っていると、急に爆音が聞こえ、鋭いサーチライトが空に飛び交いました。慌《あわ》てて家に帰った私は、また手紙を書こうと、机に向かいました。

『（略）お元気でいらっしゃいますか。

　余計な心労が日々の御訓練に影をささぬようにと、それまで生やさしい御生活でないことは承知しつつも、やはりそう祈らずにはおられません。私は元気でおります。

ある時機が来るまでは、いくら私がじたばたしても、どうにもならないことがわかりましたし、それに神さまはきっと私たちに味方して下さることを、心から信じることが出来ますから、充分な決意をもって、時が来るのを待ちましょう……。

何ていかにも悟ったようなことを言っても、やっぱり私は弱い人間。運勢をみてもらおうかしらなどと、真剣に考えてしまいます。当たるも八卦《はっけ》、当たらぬも八卦。そう馬鹿《ばか》にしたものでもなさそうです。

錬成所にその方面の先生がいらっしゃって、私の顔をしみじみ見て、何気ない話のきっかけから、筮竹《ぜいちく》をたててあげましょうとお約束して下さいました。

顔を見ただけでは、私は明るい道を行く人間だそうです。

他のことは別としても、今度のことだけは占ってもらいたい気がします。

佐藤さんから今年初のお便りを頂きました。お元気で頑張っておいでのようです。

あなたからお便りがないので、比島の決戦場にあるのではないかと心配していらっしゃいます。

一月十三日』

悶々《もんもん》とした日々が続く中、二月初旬、利夫さんから返事が届きました。

『取り敢《あ》えず、したためます。

あなたの書面に接し、感謝の心で一杯でした。

読みながら、読んだ後、唯々《ただただ》、あなたと小生の誠心を堅い絆《きずな》をもってしても、頑迷な心を動かし得なかったことを改めて知り、悲痛に近い無念さを感ずるばかりです……。

小生は一つ一つと世代を形成してゆく無限の時の流れを想《おも》います。

小生は心の慰安所を、ひたすらに無限のもの、悠久なもの、広く大きなものに求めます。

すべての些事《さじ》を忘れ去り、没我の境にあって、縦横に愛機を駆り得る大空の広さを喜びます。

「大空は魂の故郷」と、いつかあなたは言いました。

愛機は操縦者の魂を宿します。

飛行機は確かに生き物です。

小生は愛機と共に「大空を飛び廻ってみろ」と世の人に叫びたい気持です。

あらゆる私心と慾情《よくじょう》をきれいさっぱり忘れさせたいのです。

筆は中心を外れましたけれど、小生は自己の考え——、広くは大人達の考えの中にまるめ込もうとは思いません。

許されねば許されぬでよい。自己の考えを押し通して、きれいに見事に散ってゆきたいばかりです。

小生は今までの生涯を胎児時代としか考えません。これからを永久に生きる魂の躍り出す時代と信ずるのです。

「別個のはっきりした方針は見出《みいだ》されない」と、先に言いましたけれど、小生は策は弄《ろう》しません。あなたの来られるまでは、明瞭《めいりょう》な解決を見つけ出しておきます。それまでは考えを整理しておきましょう。

電報をさえ打って頂けば、喜んでお待ちします。

では、お元気で』

今、建国記念の日と言われている二月十一日は、その当時は神武《じんむ》天皇が即位した紀元節とされていました。その紀元節の日、横須賀市の追浜《おっぱま》で、海軍の技術将校として働いていた又従兄《またいとこ》が家に来るはずでした。彼は専門学校の機械科を卒業し、軍で戦艦や飛行機の設計をしています。

休日になると、いつも朝から来ていた又従兄が、その日はなかなか姿を見せません。随分心配していると、夕方やっと顔を出しました。何でも、横浜方面が空襲に遭って足止めされていたとのことでした。

すでに毎日のようにどこかで空襲警報が鳴るほど、戦局は切羽詰まった状況になってきていました。私の家でも、必要最低限の衣類や布団《ふとん》、食器などを残して、骨董品《こっとうひん》や装飾品、簞笥《たんす》などはもちろん、必要のない布団も全て両親の疎開先《そかいさき》に送っていました。国が疎開を勧めていましたので、荷物を運ぶための貨車の運賃は免除されていたのです。何もかもが運び出された八畳のお茶の間は、掘ごたつがポツンとあるだけ。ほんの数年前の我が家の賑《にぎ》わいを考えると、嘘《うそ》のような寂しさです。

疎開する前の父は会社から独立し、北海道で作られたじゃがいものでん粉を原料にして食品を作る事業を手がけていました。会社の経営状態が良かったので、故郷の福岡県から父を頼って自分の娘をしつけてくれと頼まれる方も多く、我が家では時々、そうした娘さんが私たち兄弟の「姐《ねえ》や」として一緒に寝泊りすることがありました。姐やは母の手伝いをしながら、接客の仕方や料理を覚えていました。当時はとてもにぎやかで、夕食時は父が上座に座り、そこから年齢順に子どもたち五人がずらっと食卓に並びます。父は必ずお酒を飲むので、一品二品おかずが多かったものです。母と姐やは父や私たちにご飯をよそったり、お味噌汁《みそしる》を注いだりして、私たちの食事が終わるのを待って初めて食事をしていました。

夕食が終わってみんなそれぞれ勉強をしたり、本を読んだり、好きなことをしていても、九時頃になると、またお茶の間に集まって来ておしゃべりするような家族でした。

そのにぎやかさを思い出すにつれて、隙間《すきま》から人の温《ぬく》もりさえも漏れ出てしまったようにガランとしたお茶の間は寒々しく、胸がつまりました。だからこそ、小さいころから仲が良かった又従兄が来てくれると、私たち家族の明るかった日々を思い出すようで嬉《うれ》しかったのです。

その日は、私も妹も、「もう遅いから帰らなければ」という彼を引き止め、結局、泊まっていってもらうことになりました。

もっとも私はこの日、利夫さんを訪ねるために三重県鳥羽《とば》行きの最終列車に乗らなければなりませんでした。どのぐらいの間になるのか決めかねていましたが、結婚のことについて話し合うため、亀山に滞在する予定だったのです。又従兄を引きとめたのに、私は赤いボストンバッグを持って東京駅を十一時過ぎに発《た》ちました。利夫さんは「会うまでには明瞭な答えを見つけておく」と手紙に書いていたものの、短期間で解決するはずもないことです。足取り重い旅立ちでした。

すでに、日常生活もモンペで過ごすようになっていましたが、頭には防空頭巾《ずきん》を被《かぶ》り、包帯や薬を入れた布袋を斜めに肩がけして、このときばかりは母が茶絣《ちゃがすり》で作っておいてくれたよそ行きのモンペを着ていきました。お化粧をすることもなく、頭はひっつめ髪だったものの、ボストンバッグの中には、母がいつも使っていた、すずらんの小花の模様が入った香水の小瓶を忍ばせました。

列車の窓には黒幕が引かれていて、豆電球の明かりでは隣に座っている人の顔がわかるかどうかというほどでした。もちろん暖房はありません。夜行列車は乗客も少なく、真冬の車内は冷え切っていました。

空いている席を探し、進行方向に向かって右側の窓際《まどぎわ》の席に座りました。据えつけられた木のベンチのゴツゴツとした感触が冷たく、寒さが背中や腰、足元からも身体《からだ》に染《し》み込んできました。寒々しい車内を見渡していると、ちょうど目の前に若い学生さんが座りました。

　足先は凍えるように冷たく、私は履いていた編み上げのブーツを脱ぐとベンチの上で正座をしました。自分の身体で暖を取るしかありません。窓にもたれてみても座り心地は悪く、寒さで眠るどころではありませんでした。学生さんもそうだったのでしょう。何となくお互い声を掛け合うように、小声で話し始めました。

「どちらまで行かれるんですか」

「鳥羽です。商船学校の学生です」

　今でも三重県鳥羽市には国立の商船高等専門学校がありますが、このころは全寮制の学校でした。学生さんは休暇で帰省していたようです。

「どんな勉強をなさっているんですか」

「航海士になるため、ですが……」

　少し間をおいて、

「卒業後はどこに行くことになるのか、わかりません」

　商船学校の学生も兵隊要員として見込まれていましたから、どこの戦場に行くことになるかわからないという意味だと理解できました。

学生さんも、ひとりで夜行列車に乗っている女性の目的を何となく察してくれたのでしょう。どこに行くのか、なぜ乗っているのか、しいて私に聞くことはありませんでした。私の不安げな表情から、飛行部隊を訪問しに来たのだと察したのかもしれません。

二ヶ月振りで利夫さんと会えるというのに、結婚話が全く進展していない状況は私の心を暗くしました。心はどんなに急いても、汽車の速度が変わることはありません。目的地までの道のりが、はるか遠くに感じられました。それでも、このわびしい旅を話し相手の学生さんが救ってくれたようでした。

色の白い、目元の涼しい眉目秀麗《びもくしゅうれい》な学生さんの面差しは、忘れられません。彼は果たしてどうなったのだろうかと、今でも時々思い返します。

亀山に着いたのは、翌十二日の朝八時半頃。学生さんに別れを告げてホームに降り立つと、窮屈な車内からやっと解放された私は、朝の空気を思いっきり吸い込みました。

亀山は乗換線がありましたから、私が想像していた以上に大きな駅でした。ホームには、いくつか水道の蛇口が並んでいて、鏡も据えつけられています。夜行列車で降りた乗客たちが、その水道で顔を洗ったり、口をすすいだりしていました。

改札口を通り抜けて駅前に出ると、五月晴《さつきば》れならぬ「如月晴《きさらぎば》れ」とでも言いたくなるほどのお天気でした。空は抜けるように青々として、冷たい空気は頬をさしますが、それが爽《さわ》やかですっきりとしています。さっきまでの暗い気持ちがどこかに消えて、初めての土地に足を踏み入れた期待で心が弾んできました。

駅舎を出ると、すぐ右側に簡素な建物があり、荷物預かり所になっています。利夫さんがいるのは「伊賀伝《いがでん》」という仕出し屋と聞いていました。山本秋彦少尉《しょうい》と一緒に部屋を借り、そこから飛行場に通っているとのことでした。まずは、伊賀伝を探し出すために身軽になろうと、ボストンバッグを駅に預けて、駅舎から伸びる道を歩き始めました。

亀山は伊勢亀山城の城下町でしたから、道の両脇《りょうわき》には軒の低い古びた格子戸《こうしど》を持つ町家が続いています。いかにも城下町らしい情景でした。これらの格子戸はよく磨かれ、街全体に風情《ふぜい》を添えていました。東京と違って、ゴミひとつなく整えられた街は清潔で、のんびりとした雰囲気です。

しばらく歩くと、坂道に掛かりました。その坂の上に亀山城跡があるようです。石垣の跡が残っているのが見え、緩やかな石畳の道に沿って曲がっていくと、火の見やぐらや消防署、集会所などがある街の中心に出ました。商店や配給関係の店もあるはずですが、居並ぶ建物はほとんどが閉ざされ、街中に静けさが漂っています。伊賀伝への道を聞こうにも、声をかけられる人がなかなかいません。都会の雑然とした中から抜け出てきた私には、静か過ぎる空気が不思議にさえ思えました。平和な佇《たたず》まいに、旅愁とはこんな気持ちをいうのかと思ったものです。

三人ほどに聞いたでしょうか。尋ね尋ねて伊賀伝に着いたのは、亀山の駅に降り立ってから一時間以上が経《た》った十時頃でした。その建物は、高台の崖《がけ》の縁にあり、雪を湛《たた》えた鈴鹿山脈を背に駅の方を振り返れば、亀山の町並みが一望できました。

都会であれ、地方であれ、とうに仕出し屋などは経営できなくなっていたはずですが、軍の御用達《ごようたし》というのであれば、配給にも特別なルートがあったのでしょう。まして、農村地帯の亀山ですから、東京よりも食べ物の調達は難しくなかったのだと思います。

「ごめんください」

引き戸を開けて土間に入るとすぐに、木綿《もめん》の縦じまの着物にたすきをかけた、ひっつめ髪の年配の女性が顔を出しました。

「こちらに第三振武隊の穴沢さんはいらっしゃいますでしょうか。面会に来た孫田と言いますが」

すると、息子さんなのでしょうか、若い男性が出てきてふたりで何やら相談をしています。

「ちょっとお待ちくださいますか」

男性がそういうと、土間の奥にある電話部屋で、手動の電話を掛けています。受話器を取り、横にあるレバーをグルグルまわす様子が珍しく、思わず見入ってしまいました。

利夫さんが先に話を通してくれたのでしょう。男性は振り返ると、

「夕方にはお帰りになられますよ」

と、教えてくれました。横からは女性が、

「遠くからいらしてお疲れでしょう。穴沢さんがお帰りになりますまで、宿へご案内いたしますから」

そうおっしゃると、さっき目の前を通って来たばかりの朝日屋という旅館に連れていってくれました。道すがら話をしていると、この女性は伊賀伝の女将《おかみ》さんだとわかりました。

朝日屋は玄関を入るとすぐに二階に続く階段があり、そこを上がると廊下のガラス戸からは庭が見下ろせるようになっていました。右手には、六畳の和室がいくつか並

んでいます。私は一番奥の部屋に通されました。

障子を開けると、裸の電球がひとつぶら下がっているだけの、何にもない箱のような部屋でした。伊賀伝の女将さんは、

「夕方、お戻りになられますから、そのときにまたどうぞ」

そう言うと、お弁当を置いていってくれました。私はすぐに駅に荷物を取りに戻り、女中さんが白い小さな火鉢とお茶を持ってきてくれると、やっと落ち着いてお弁当に手をつけました。ひもじいことが当たり前になっていましたが、朝から何も食べていない私には、麦ご飯に梅干、佃煮《つくだに》というお弁当がことさらに嬉しく、女将さんの温かい心を言いようもないほどにありがたいと思ったものです。

部屋の中にひとりでいると、結婚への不安がまた頭をもたげてきました。

(風邪を引かないように、少し寝ておいた方がいいのかな)

隣室には誰もいなかったので、そこに女中さんに布団を用意してもらい横になりました。お昼を過ぎて淡くなった冬の日差しが作る庭木の影を見ていると、物音が全くしない静けさが逆に強調されるようで、なかなか寝付くことができませんでした。

それでもウトウトとし始めたころでしょうか。遠くから、足音がトントンと近づいたかと思うと、

「このお部屋です」

という女中さんの声が聞こえました。あっと思う間もなく、ふすまの向こうから、

「やあ」

利夫さんの声です。

「えっ、ちょっとお待ちになって」

半ば寝ぼけたような声になってしまっていたかもしれません。私は飛び起きると、髪を撫《な》で付け、服を調えました。

障子越しに外を見ると、陽がかげり、夕方の気配が濃くなりつつありました。それにしても、思った以上に利夫さんが早くいらしたことに驚いていました。利夫さんはふすま越しの隣の部屋に入ったようです。

すっとふすまを開けて、利夫さんの顔を見ると全く笑顔がありません。二ヶ月ぶりに顔を合わせたのに、厳しい顔つきをしたままです。私は挨拶《あいさつ》しようと喉《のど》まで出かかった声を飲み込み、下を向いて口をつぐんでしまいました。

結婚話に、かすかなものでさえ吉報がないことをすぐに悟りました。そのことへの落胆もありましたが、そればかりではなく、烈《はげ》しい訓練を重ねている人にお昼寝をしていたところを見られてしまったことで、私はとても申し訳ない気持ちになっていた

のです。

「昨夜《ゆうべ》、遅くまで又従兄とおしゃべりをしていて。寝不足だったもので」

何の意味にもならない弁解めいたことが、口をついて出ました。

「ああ、よく来てくれた」

利夫さんは言葉少なに、うなずいています。

旅館では、ふたり分の夕食を整えてくれていました。私は絹絣《きぬがすり》のモンペに紅葉模様のモスの羽織という、このときの精一杯のお洒落《しゃれ》で、食事の膳《ぜん》につきました。それなのに、向かい合ってもまだ、利夫さんは表情を崩すことはありませんでした。

「結婚を未《いま》だに反対されている。どうしても、許してもらえないらしい」

「そうですか……」

「反対されてても、というわけにはいかないんだ。両親の承諾がなければ、教育総監への申し渡しが許可されない」

少尉である利夫さんが結婚するには、陸軍の教育を掌《つかさど》る教育総監の許可が必要でした。そしてそれを申請するには、親が許してくれることが前提だったのです。将校以上になると、結婚相手の条件はさらに厳しく、中等教育以上を受けた女性でなければなりませんでした。

箸《はし》を取ってはみたものの、砂を噛《か》むように食事が進みません。

「空襲も烈しくなってきている。今、結婚したとしても、君は本当に幸せになれるのだろうか」

利夫さんは自分自身に問いかけるごとく、壁に背をもたれて、低い声で呟《つぶや》くように訥々《とつとつ》と話していました。

折悪《おりあ》しく、この日の夜は名古屋一帯が空襲にみまわれ、亀山でも警戒警報が鳴り響いていました。ますます私たちの周りに、沈鬱《ちんうつ》な空気が満ちていくようでした。

私は利夫さんが励ましてくれるものとばかり思っていました。それが、どう状況を打開するかで悩んでいるのではなく、私と結婚してもいいのかどうかと迷っている。戦況も悪化し、自分が特攻隊として出撃した後に私だけが取り残されたら、実家は私に対して温かくはないだろう。自分が結婚したいというだけで、私を巻き込んでもいいのか、そう思う利夫さんの気持ちは痛いほどわかりました。

結婚はできない、とあっさりそう言われれば、私も楽になったかもしれません。しかし利夫さん自身も結婚を反対されたことで悩み苦しんでいました。

（私は娘が不幸になるかもしれないという両親を説得してきたのに、今の今まで何も家族に伝えないままでいた利夫さんは何をしていたんだろう。家族の反対にあったというけど、反対させるような状況を作ってきたのは、利夫さん自身にほかならないのでは……）

　私の中にいらいらした遣《や》り切れない感情が湧《わ》き上がり、

「なるようにしかならないなんて！　私だけが一生懸命になったって、どうすることもできないんですもの。そんなのいやっ！　大嫌いっ！」

　荒々しい言葉が口をつきました。

「いけない。そんな気持ちじゃ！」

　利夫さんは私の口調に驚いたのか、たしなめるように、

「今からふたりで努力する以外にないんだ。そんなつまらない気持ちでどうするんだ」

　キッと私を見すえました。彼が、きっぱりした言葉でたしなめてくれたことで、彼に不信感を持ち始めていた私は我に返りました。

（私が利夫さんに不満をぶつけてはいけない。誠実な利夫さんだからこそ、結婚してもいいのだろうかと悩むのだから）

　利夫さんが「ふたりで努力する以外にない」と言ってくれたことで救われた思いはありましたが、これから時間もないなかで、結婚の許しを得る努力をしなければなら

ない侘《わび》しさがこみあげてきました。薄暗い裸電球の下、泣きたいような気持ちになっても涙は出ず、代わりにため息ばかりが漏れてきます。どうにもならない深刻な空気のまま、利夫さんは私ひとりを残して伊賀伝に帰って行きました。

翌十三日は利夫さんの誕生日で、長谷川隊長が計らって下さり、利夫さんは訓練を休むことができました。利夫さんは朝日屋に私を迎えに来ると、伊賀伝の二階の自室に連れて行ってくれました。

「あら、これは」

「そう、大阪にいたときに、君からもらった葉書だよ」

隅に置かれた机には、防空頭巾《ずきん》を被《かぶ》って、竹とんぼを飛ばそうとする紙人形が写っている絵葉書が写真立てに入れて飾られています。「大空へ」と題された人形は、第一回軍事援護美術展に岡とよさんという方が出品されたものでした。

柏原のときの大部屋と違って、伊賀伝では畳の個室です。それだけでも、人間らしい生活を送れているのだと安心したものでした。伊賀伝は仕出し屋ではありますが、どことなく家庭の匂《にお》いを感じさせるところでもありました。飾り気のない、いかにも男性らしい部屋ではありましたが、『万葉集』や『古事記』など届けた書物も本棚にきちんと並べられて、精神的には大阪よりもずっと豊かな生活を送っていることがわかりました。

多くのことを語り合わなければならない状況でしたが、もしかしたらこの先持てないかもしれないふたりの時間を、ひたすら大事にしようと思いました。

私は昨日までとはうって変わって、結婚をしなくてもかまわないと思うようになっていました。結婚をしようとしまいと、それを超える心の結び付きがふたりの間にはある。そして、これからもその結び付きを強く強くしていこうと決めたのです。ただ、利夫さんが結婚したいのならば、何より彼の気持ちを大切にしてあげたいとも思っていました。

私は利夫さんに向き直りました。

「あなたが死んだら、私はあなたのお墓を一生護《まも》っていきたいわ。そして、私も死んだら、あなたのところに埋めてもらう」

利夫さんは、私を見つめたまま深くうなずいてくれました。

二月の亀山は冴《さ》えた空気の中に、春の息吹《いぶき》もすでに感じられました。

伊賀伝の二階には宴会のための大広間があり、そこには街を見渡せる縁側があります。その縁側に古びた籐椅子《とういす》を出して、利夫さんは私を座らせました。遠くには鈴鹿山脈が、目の前にはのどかで美しい街の佇まいが広がっています。

利夫さんとうららかな陽の下、一緒に町並みを眺めていると戦いをしていることすら忘れてしまう。利夫さんも昨日とは打って変わって穏やかな顔をしています。私の横に座ると、低い声で歌を歌い始めました。

花もつぼみの若桜　五尺の生命《いのち》ひっさげて
国の大事に殉ずるは　我等学徒の面目ぞ
ああ、紅《くれない》の血は燃ゆる……

学徒動員の兵士たちの心情を表した歌でした。静かに歌う利夫さんに合わせて、私も一緒に口ずさみました。

後に続けと兄の声
今こそ筆を擲《なげう》ちて　勝利揺るがぬ生産に
勇み起《た》ちたるつわものぞ

ああ、紅の血は燃ゆる……

いつしか、ふたりの指と指が絡《から》み合っていました。ふと気がついてはにかみ、指を離そうとした私を、利夫さんはつと引き寄せて、強く強く抱きしめてくれたのです。利夫さんの胸元に頭を寄せ、その温かさに、私は幸せでした。

肩越しに見える早春の空は、広々とした青空で、白い雲が悠々と流れています。利夫さんの腕の中にいることが、例えようもなく幸福なはずなのに、なぜか悲しみが胸に広がっていきました。

その日の夜は、長谷川隊長の家にお邪魔しました。一七八センチと当時としては長身の長谷川隊長は、剣道の達人で、すっと立っただけで絵になるような方でした。長谷川隊長はご両親が選んだ女性と一月に結婚したばかりでした。隊長は利夫さんのひとつ上、大正十年生まれの二十四歳で、奥さまは、私よりふたつ年下の十九歳でした。隊長は訓練のために結婚式の日に帰ることができず、白無垢《しろむく》を着た若い花嫁はひとりだけの式を挙げたと聞きました。

これから死にゆくというときではありましたが、ご両親は息子の短い人生の中に、家庭を持つ男としての幸福を味わわせてあげたいと思ったのでしょう。奥さまも、自分の意思で結婚したわけではありませんが、優しく男気のある長谷川隊長に寄り添い、慕っていました。

長谷川隊長は三つのときに実の母親をなくしていました。父親は新しい母との間に三人の子供をもうけたそうです。こうした家庭の事情を抱えている方でしたから、自分の家庭が欲しい、家族を持ったら大事にしたい、という男としての夢が人一倍あったようでした。そのせいか、私たちに対しても思いやりと理解がありました。この隊長の思いやりは、その後もずっと変わらず、私たちの関係を後押ししてくれたのです。

東京では水もガスも時間制になっていて、決められた時間しか使用することはできませんでした。銭湯は週に一度開くかどうかでしたが、亀山では一日おきに夕方から湯が立ちました。それが何より嬉《うれ》しく、三時となれば銭湯の暖簾《のれん》をくぐったものです。

この人影のまばらな街のどこから人が集まって来たのだろうというほどに、中は人で溢《あふ》れ返っており、最初に入ったときにはとても驚きました。

当時の銭湯は、蛇口を回せばお湯が出るというわけにはいきません。体を洗うためには、湯船からお湯をすくい出さなくてはなりませんでした。人を掻《か》き分けて湯船に近づくと、中の湯はもう半分ほどになっています。湯船にも人がたくさんいましたが、それでも、お湯につかれることは、私にとって何よりのものでした。ちょうど、広島から同じ長谷川隊の熊谷少尉に面会に来ている娘さんがいて、朝日屋に泊まっていらしたので、銭湯には一緒に出掛けました。雲があかねに色づく空の下、湯上りの頬に触れる冬の空気はとても気持ちが良いものでした。顔に少しクリームを塗って、母の香水をちょっとふりかけて、こんなときでも、利夫さんのために、少しでも女らしくありたいと思っていました。

亀山で過ごしたわずか一週間の間にも、長谷川隊に出撃命令が下りました。二月十六日、私が東京へ帰る前日のことでした。硫黄島《いおうとう》にアメリカ軍が進撃してきたというのです。旅館で朝ごはんを済まして隊長の家に行くと、すでに早朝、慌《あわただ》しく出撃していったことを奥さまから知らされました。

(今日は帰って来てくれるのか。敵機に撃ち落されたりしてないだろうか)

私たちは不安な気持ちで肩を寄せ合い、心配していました。奥さまも何も手に付かない様子で、「心配ね」と繰り返すばかりです。

もう夕闇《ゆうやみ》が辺りをすっかり包んだ頃、私たちは耐え切れずに、街の中心部にある大通りの四つ角で長谷川隊の帰りを待っていました。奥さまは泣き出さんばかりに落ち着かず、傍にいると、その不安が私の心にも伝わってきます。

「大丈夫ですよ。ご武運の強い方ですから」

私は肩を抱いて一生懸命慰めました。自分自身の心もそうやって平静を保つしかありませんでした。

すると、隊員を乗せたバスが少し先の道で停まったのです。最初に、戦闘帽を被った長谷川隊長が将校マントをひるがえしてバスから降りてきました。

「奥さん、帰って来ましたよ。もう大丈夫です」

隊長はカーキ色のマントのボタンを外すと、足元の邪魔にならないように、左側のマントをパッと肩にかけます。足をすっと伸ばしてバスから降りる姿は、見とれるほどに颯爽《さっそう》としておられました。

利夫さんはバスの中から私の姿を見つけたのでしょう。隊長から二、三人後に続いて降りて来ました。利夫さんと目が合ったとき、私は胸の中の不安が消えていくのを感じました。私が近づいていくと、

「今夜は、伊賀伝で隊の宴会があるんだ」

「今夜ですか？」

「ああ、いつ緊急命令で出撃しても良いように」

伊賀伝までの道を一緒に歩いて行きました。顔を見てホッとしたものの、「出撃」という利夫さんの言葉に落ち着かない気持ちになりました。

(こうした出撃は特別なことではないんだ。もうとても耐えられない。遠く離れていたからこそ、何も知らずに済んでいたのに)

伊賀伝に着くと、玄関の上がりがまちのところで、

「早く切り上げていらしてね」

利夫さんにそう言うと、私は朝日屋に戻りました。このまま、現実から逃げ出したいような気持ちになっていました。

旅館の二階、一番奥の部屋で、私は利夫さんとのことをどうしたらいいのか、ゆっくり考えようと思っていました。亀山での一週間、利夫さんは私以上に悩んでいたことでしょう。そんなことを思う間もなく、私が座って二、三分もすると、勢いの良い足音が階段を上がり、廊下をこちらに向かってやってきます。ふすまが開けられると、利夫さんが顔を覗《のぞ》かせました。あまりにも早く帰ってこられて、言葉が出てきません。

そんな私をよそに、利夫さんは、

「くたびれたぁ。今夜は君と一緒だよ」

と言うのです。

（えっ、一緒に過ごせるの……）

私は幸せで息がつまりそうになりました。

すぐに、女将《おかみ》さんが、私たちを呼びに来ました。

「今夜はこちらでお休みいただくようにと、隊長のご命令です」

女中さんの後について行くと、長い廊下を伝って、表通りに面した二階の大広間に通されました。低い格子窓《こうしまど》があり、奥の方には舞台もあります。その三十畳ほどの部屋の真ん中に、お布団《ふとん》が一組、ポツンと敷いてありました。

離れにある部屋をわざわざ用意したのは、私たちが気兼ねせずに過ごせるように、という隊長の配慮だったのでしょう。私たちが隊長のところを訪れたときに、ふたりの状況をとっさに判断されてのことだったのだと思います。

（これは……）

利夫さんと一緒にいられるのは幸せでしたが、まさか、こんなふうになるとは思いませんでした。突然、大広間に通されて、私は戸惑《とまど》ってしまったのです。

「いいのか」

問いかける利夫さんの言葉に、私は黙って首を横に振りました。

「そうか……、僕は疲れているから、休ませてもらうよ」

利夫さんは軍服を脱いでカーキ色のシャツになると、ひとり、布団に入りました。

まだ婚約すら済んでいない、ましてや、両親に結婚を反対されているふたりです。どうしても決心がつきませんでした。私が読む小説の世界では、男女の痴情が引き起こす計り知れない恐ろしさが描かれていました。体を合わせた途端に、みんな狂う。性に執着するようになる。経験のない私はそんな小説を読み、想像する世界が悪いほうに傾いていました。

亀山では、長谷川隊長の許しを得て、家庭生活を送っている方も何人かおられました。ある奥さまは、夫が特攻隊員だということを理解できていないのに、ただただ女の勘だけで死期を悟り、夜になると絶えることなく「死なないで」と夫に向かって口説いていました。やがては出撃しなくてはならないときがくる。夫はそれがわかっているのに、妻のその姿があまりに哀れで一途《いちず》で、何も言えなかったそうです。私も、坊やを腕に抱えたまま、「お父ちゃん、死んだら困るし」と言う彼女を見つめながら、「そうなのね」と相槌《あいづち》を打つしかありませんでした。

私もどうなるかわからない。もし、関係を持って呼び覚まされる人間の魔性があるとしたならば、何の迷いもないように利夫さんを送り出してあげたいと望む私も理性を失うのではないか。国のために尽くそうとする利夫さんを、そんな次元の低いものでかげらせてはいけない、そう思ったのです。

利夫さんは特攻隊員です。一度飛び立ったら、もう帰ってこない。身を挺《てい》して、お国やみんなを護ってくれる「神鷲《かみわし》」です。

特攻隊員であっても日常の生活では、純粋に笑って、話して、歌も歌います。けれども、いざとなれば「お国のためだ。これほどの名誉はない」「みんなの代わりになって敵をやっつけてきますから、どうぞ安心して下さい」と言って、自分の命を犠牲にして敵艦に飛び込んで行く。そんな行為は、神様じゃなければ、一体誰ができるというのでしょう。

（私が利夫さんを俗な世界に落としてはいけない）

私は横に置かれている軍服さえ、畏《おそ》れ多いものに感じて触れることはできませんでした。

「どうぞ、お休みになって下さい」

私がそう言うと、利夫さんはすぐに寝息を立て始めました。これが軍隊の生活でしょうか。横になったら寝る、そうしなければならないほど訓練は厳しいものなのでしょう。訓練のことについて口にしたことはありませんが、何を思う間もなく眠ることができるのですから、そのむごさは想像がつきました。そして、磨かれたような美しい顔を見ていると、いじらしいという思いがこみ上げてきたのです。鍛えられ、凜々《りり》しく雄々しい。神様がいるとすれば、こんなお顔なのだろうかと思えました。

私は傍に座って、一晩中シューベルトの子守唄《こもりうた》を歌っていました。

ねむれ　ねむれ　母の胸に
ねむれ　ねむれ　母の手に
こころよき　歌声に
むすばずや　楽しゆめ

ゆっくりと休ませてあげたい。暖を取るすべもない部屋の寒さが身に沁《し》みてきましたが、その思いに心を砕いて歌っているうちに、とうとう白々としてきました。

利夫さんも、首を縦に振らなかった私の気持ちを大切にしてくれました。今を生きる人であれば想像もつかないほどに、私たちを行儀が良いと思うでしょうか。

朝六時ごろ、軍服を身につけて宿舎に戻る利夫さんを見送りに出ました。外へ出ると、明けの明星が美しい光を抱いていました。

利夫さんは、私について来いともついて来るなとも言わず、身を返して宿舎に戻っていってしまいました。その姿を見ていると、どっと疲れがこみあげてきました。

その日の夜、亀山からの夜行列車で東京に戻るため、利夫さんが駅まで見送りに来てくださいました。私は汽車に乗り込む直前に振り返ると、お別れの挨拶《あいさつ》のようなつもりで、ホームにいる利夫さんに手を差し出しました。

パシッ！　次の瞬間、私は利夫さんに手を振り払われてしまったのです。

あの手の強さは、今でも忘れられません。人の上に人が乗り込むほどに混んだ車内では誰に見られているかわかったものではない、軍人が易々《やすやす》と女性の手を握るなぞと、最初はそう考えたのかと思いました。ですが、こんなふうに私を拒絶する利夫さんを見たことがありません。

私たちのことを思って隊長が計らってくれたことを無にした自分自身への怒りだったのでしょうか。結局、結婚への結論を出せずに帰らざるを得なかった私への哀れみなのでしょうか。それとも、何か軍隊に対して強い不満があったのでしょうか。

帰り途《みち》、答えの出ないことばかりを考えていました。

『昨日はわざわざ駅までお送り下さいましてありがとうございました。

おかげさまで途中何事もなく、今朝六時過ぎに帰り着きました。案じておりました東京の様子も杞憂《きゆう》に終わったことを喜んでいます。なにとぞご安心下さいませ。思わず過ぎてしまった一週間の生活は、いろいろな意味で私を大きく育ててくれました。きっと今頃は、などご様子や心境が手にとるように想像できるのも、今度の生活の間に得た大きな喜びであることを思い、まことの信というものが、どんなに心強いものであるかを家の人達にもわからせて上げたい気持ですけれど、到底、口では言い表せません。

唯《ただ》、私がこれほど信じ祈っていることを、貴方《あなた》だけはわかって同じ心強さに力の限り戦って下さることを信じます。

それが何よりもありがたいことに思います。

かえりみて、なつかしさ、尊さでいっぱいです。

与えられた数々の美しい恵みを心中深く秘め、ご武運のたけきを、ご成功をひたすらお祈りしつつ、ペンをおきます。

ふるさとに　こよひかぎりの　いのちとも
知らでや　ひとのわれを待つらむ　（菊池武時）

わかれても　またもあふべく　おもほへば
心充《み》たれて　わが恋かなし　（来世への希《ねが》い）』

東京に戻って御礼の手紙を書き、一週間ほどすると、利夫さんから千葉にある柏飛行場に行くついでに家に立ち寄るという連絡をもらいました。長谷川隊の大平誠志少尉、小嶋五郎伍長《ごちょう》と一緒に、自分たちが乗る飛行機の整備のためということでしたが、今から思えば、長谷川隊長はそれぞれが家族に最後の別れができるよう配慮してくれたのでしょう。

二月二十五日、鉛色の空からは朝から雪が深々と降り続き、まるで二・二六事件のあの日を思い出させるように、またたくまに都内は雪に覆《おお》われていきました。この日は、疎開先《そかいさき》から、兄嫁も弟も東京に戻ってきていました。

午後になると、空襲が始まりました。敵の航空母艦が日本の近くまで来ているのでしょう。艦載機が何十機なのか何百機なのかわかりませんが、次々と上空に飛来しては、ガガガと不気味な音を撒《ま》き散らしています。この艦載機の機銃掃射は、本当に怖いものでした。操縦者の顔が見えるほどに低空まで降りてくると、地上をうごめいている人たちめがけて銃撃するのです。その機銃掃射の音が雪の空にこだまし、艦載機の姿を見ることができませんでした。もっとも、姿が見えないように、わざと夕方や雪の日を狙《ねら》ってくるのですが。

夕方になり、艦載機は去っていったものの、私は利夫さんが無事にいらしてくださるのかと、そればかりを気にしていました。

また、いつ爆撃されるかわからない。このころになると、東京に住む人たちの顔から、笑顔が消えていきました。昭和十七年四月、東京が初めて空襲を受けてから、ずっとこの状態が続いているのです。恐怖を植えつけられた人たちが笑うことすらできなくなるのは、当然のことでもありました。

夜八時を過ぎたころ、まだ緊張が続いている中、玄関の戸が開きました。

「目黒の叔父の家に行っていたんだ。遅くなってしまって」

利夫さんがいらしたことで、家の中の空気が緩みました。少し上がっていただいたのですが、大平さんや小嶋さんと品川駅で待ち合わせをしているというので、お話もそこそこに、利夫さんは、すぐにまた出なければなりませんでした。

亀山での滞在で、出撃命令がいつもたらされるかわからないことは身に沁みてわかりました。私は少しでも長く一緒にいられればと、学生服のような厚く黒いサージ生地で作ったフード付きの上着を着込み、利夫さんを駅まで送っていくことにしました。

フードや裾《すそ》には刺繍《ししゅう》がほどこされたり、白いリボンが縁取りされていたりして、膨らんだ袖《そで》の手首のところにはゴムが入っているかわいらしい上着でした。

玄関で利夫さんと並んで立つと、兄嫁が、

「まぁ、ふたりを並べるとお雛様《ひなさま》になるわね」

と、褒めてくださったので、ふたりとも照れた笑いを浮かべてしまいました。

「いってらっしゃい」

兄嫁の声に送られて玄関を出ると、外は雪が積もって真っ白になっています。普段であれば真っ暗な夜道も、雪明りがあたりをぼんやりと照らしていました。

私は長靴で積もったばかりの新しい雪を踏むのが嬉《うれ》しくて、跳ねるように歩き出しました。利夫さんは大きな落下傘袋《らっかさんぶくろ》を持っていましたから、私は片方の持ち手を手に取りました。

「持ってもいい？」

「ああ」

利夫さんは、何の屈託もない笑顔を返してくれました。

雪道は静まり返り、通る人は誰もいません。処女雪を踏みしめて、魚籃坂《ぎょらんざか》の我が家から伊皿子坂《いさらござか》、二本榎《にほんえのき》を通って、品川駅へ向かいました。お気に入りの上着を着て、利夫さんとふたりだけで真っ白な世界を歩いている。おとぎ話の主人公になったようで、とてもロマンティックな夜になりました。

あるけ　あるけ　あるけ　あるけ
南へ　北へ　あるけ　あるけ
東へ　西へ　あるけ　あるけ
路《みち》ある道も　あるけ　あるけ
路なき道も　あるけ　あるけ

私は国民歌謡の『歩くうた』をハミングしながら、雪が降る中をピョンピョン跳ね回りました。

翌朝、利夫さんが大平さん、小嶋さんを連れて再び我が家を訪れました。雪のせいか列車が遅れ、三人は品川駅で夜を明かしていたのです。私は大喜びで、兄嫁と一緒に朝ごはんの支度をすると、粗末なものでしたが、三人に食べていただきました。弟が縁側に座る三人の写真を撮り（口絵参照）、そしてまた駅まで送っていきました。利夫さんは亀山に帰ってすぐに、手紙を書いてきてくれました。

『短時間ながら、あなたの家の雰囲気の中で、あなたとともにあったということが、どんなに私の心を満たしてくれたことか。ほんとに良い人々を持たれて羨《うらや》ましく思います。

昨日の晩、品川駅までの途《みち》すがら、〝ヨイショ　ヨイショ〟と荷物の片方を持ちながら、〝ああ面白い〟とも言いながら、雪を浴び、積もった雪を踏んでいたあなたの姿が、遠い昔に読んだ童話の中にでも現れて来そうな気がしてなりません。

まったく素晴らしい楽しい一時でした。

あなたとともにあることが、私にとって最上の幸いであることを改めて、しみじみ感じています……。

そして、私自身の気持を、見えないもので伝えてくれる神。それらを私は今、静かに信じていたいと思います。

ありったけの感情に乏しい理と知を交えて、あなたを愛し続けて来た私が、どうしてこのままで……。

わたくしの気持にひきかえ、あたりはあまりに静かすぎます。

安着の報のみ留めるはずだったのに、例によってまとまりのつかぬまま書きました。

今朝お訪ねした大平少尉、小嶋伍長、ともによろしくとのことでした。

お元気で。

二月二十六日 』

今、手紙を読み返せば、「どうしてこのままで……」「わたくしの気持にひきかえ、あたりはあまりに静かすぎます」といった文面に、不条理なところに自分の身をおいてしまったという、利夫さんの「悔い」を感じ取ることができます。

しかし、まだ若かった当時の私は、特攻隊としての利夫さんをどうやって送り出すか、どうやって励ますか、そればかりを考えていました。そんな利夫さんの悔いに気付くことができなかったのです。そして、こんな返事を書きました。

『大君の醜《しこ》のみたてと散りゆかむ
うき世　はなれて　きよきみそらに

散る花の　二度と咲くとは思はねど

せめて残さむ　花の香りを

第二御楯《みたて》特攻隊の方の辞世です。

清らかな心情が切ないばかりに胸にひびいて忘れられない御歌です。

歌をうたいつつ戦う日本人は何て素晴らしい民族かと、この上もなく頼もしい感がします。

御恵《みめぐみ》に　すくすくのびし　二四年
かへしまつらむ　命ささげて

これもそのままあなたの御心かと思います。いろいろな思い悩みも、やがてはこの一点に帰するあなた達の身分を尊く思うと同時に、限りなく美しいとも思います。いつか壮途《そうと》に出《い》で征《ゆ》かれます時まで、どうぞ強くご立派でいて下さいますよう。

こともなげにわかるるきみとおもひしに
町角にして　かへりみにけり　（アララギ）

好きな歌です。美しい夢に包まれていたあの夏の日がつい昨日のように蘇《よみがえ》ってまいります。

満たされぬ思慕の中にはあまいよろこびがあると誰かが言いました。

あなたを思う度に軍服姿より、あの時をより強く思い出すのは、どうしてでしょう。ああした時に今一度かえりたいと思います。

すべては美しい動きでした。

かけがえのない数々の思い出が私の心を豊かにさせてくれます。

きびしい世にありながら、こうした思い出が、希望が、どんなに強い力を与えてくれていることでしょう。

もう三月。春は手の届くところに来ていますが、私の春は私が努力して作り出さぬ以上、永久にまいりません。

冬あらばこそ、春の楽しみはひとしおのもの。どんなことがあっても、強く明るいのが私の姿です。

　ことさら何は言わずとも、もうすべてはわかってて下さってること。お手紙が書きたくて書きましたけれど、いつもと同じ不勉強で進歩がないせいでしょうか。お身体はくれぐれもお大切に』

「醜」というのは、今はほとんど見ることはない言葉だと思いますが、天皇陛下に対して使われた謙譲語でした。

利夫さんからの手紙にあった彼の気持ちに気がつかず、私は戦死した人の辞世の歌を書き写しては、あなたの気持ちと同じでしょう、などと書いているのです。なんてむごいことをしたのだろうかと思います。利夫さんはたとえ手紙で「悔い」を滲《にじ》ませていたとしても、特攻隊としての務めは果たそうとしているのですから、激励の言葉をかけられるよりも、もっと穏やかな言葉で癒《いや》して欲しかったのではないでしょうか。利夫さんの手紙から、そうした気持ちを汲《く》み取ることができなかったことが、今の私の「悔い」となっています。

この手紙の後、すぐに利夫さんから返事が届きました。

『三日程前に佐藤からの便りに接した。（略）

自分等の問題についても心配しておったが、これに対しては、

「俺は以前からの信条、つまり、『真に愛し合う男女が終局において結ばれぬこと

は断じてない』と、今なお信じていることを伝えれば足りると思う」と、彼の友情に応《こた》えてやった。

彼も今月で卒業だろう。

将校生徒の誇りをもっての半年の精進がいかに逞《たくま》しく彼を育て上げたか、この眼でじかに見たい念が切である。

書くこともなしに筆をとったが、つまりは手紙を書くことによって、幾分でもたまらない気持を和らげたいと希《ねが》ったからに他ならぬ。

床に活《い》けてある梅も大分開いている。

清浄そのもので、人ならば聖人君子を想《おも》わせる。

梅は最近、特に心をひきつける。

昨夜来、未《いま》だに降り続ける小雨も春の訪れを告げる。

誰かが言った「こうなると、あの素晴らしい青葉、若葉の頃までみて死にたくなった。段々慾《よく》が深くなって困る」と。

大事の前には未練がましいと捨て去るものではあるが、誰しも心底に抱いている真の、そして悲しい願いであると思う。

今、丁度、二十時。傍の大平が、よろしくとのこと。

今晩は三人だけ。静かである。

くれぐれも、お元気で。

わが生命に　つらなるいのちありと念《おも》えば
いよよまさりて　かなしさ極む

粉《こ》と砕く　身にはあれども　わが魂《たま》は
天翔《あまか》けりつつ　み国まもらむ

二首思うままに

三月二日』

読み終えると、利夫さんの出撃がすぐ身近に迫っているのではないかと感じられました。私は、すぐに返事を出しましたが、まさかこの手紙で文通に終止符が打たれることになろうとは思いもしませんでした。

『昨日は桃のお節句。朝からうららうらと明るい陽に一日嬉しくなって、それにお手紙もいただけて春のよろこびにみたされて過ごしました。

あたたかき　心こもれる文もちて
ひとおもひ居《お》れば鶯《うぐいす》の鳴く　（アララギ）

春の匂《にお》いの溢《あふ》れるよいうたでしょう。朝目が覚めてきく鶯は限りない希《ねが》いと幸いを私の心に注ぎ込んでくれます。

早く今年もなつかしい声をききたいと思っておりましたのに、今日の日曜はこの間とまったく同じお天気。一週間前の夜を楽しく思い起こし、雪を踏んだあの時の気持がなつかしく蘇《よみがえ》ってまいります。

大そう早くお帰り着きになられまして、ほんとうにようございました。皆様が心配なさってらしたでしょう。

お部屋のことども思い浮かべ、起《た》ったらすぐゆけそうな錯覚さえ致します。（略）あなたと共にあった動きのすべては私自身過去において、想像さえも許されなかったくらい美しいものであることを深く感じ、ただそれだけでも、生まれて来た価値があったと嬉しく思います。私のようなものに、どうしてこんな幸が与えられたのでしょう。

まことに愛し愛されるもののよろこびが、あなたと私の場合は、何か特別のような気がして、一段と心にしみ渡ってまいります。

今は私もまた、なりゆきのすべてを神にまかせ、静かにその時を待ちましょう。

春は名のみ。

まだ寒うございます。お大切に』

出撃してしまう前に、私はどうしても、「ただ、生まれてきて嬉しく思います」ということだけは伝えておきたいと思ったのです。

この手紙を書き終わると、ちょうど、ラジオから『早春賦《そうしゅんふ》』が流れてきました。早春の風景を歌った美しいメロディに思わず聞き入りました。

（利夫さんが好きそうな曲。また一緒に歌えたらいいのに）

その後、利夫さんからの返事は来ませんでした。東京はいつも空襲警報が鳴り響くようになっていました。日を置かずにやり取りがあった手紙も途絶え、もしかして……と、思わずにはいられませんでした。無事を祈りながらも、すでに利夫さんの死は存在感を持って私の中にありました。

三月九日、東京では滅多に入ることのできなくなっていた銭湯が立ちました。その夜、私がお湯に入っていると、長兄が銭湯まで私を迎えに来たのです。

慌《あわ》てて出てみると、

「穴沢さんが見えているぞ。早く家に戻れ」

兄は私を急《せ》かし、ふたりとも駆け足で家に戻りました。

家に着くと、利夫さんがかしこまった様子で座っていました。私はこたつを挟んで、兄と一緒に利夫さんに向き合いました。利夫さんは兄をまっすぐに見つめ、

「郷里の両親の許しを得ることができました。智恵子さんと結婚させてください」

と言ってくれたのです。私を呼びにいく前に、兄は利夫さんから事情を知らされていたようですが、改めての挨拶《あいさつ》になりました。兄は利夫さんには応えず、私を見ました。

「智恵子、いいんだな」

「はい」

覚悟はできているのか、兄は私に問い質《ただ》したのです。私は強く頷《うなず》き返しました。私の意志が変わっていない以上、兄も、そして両親も説得済みですから問題はありません。

「よろしくお願い致します」

私と兄は、利夫さんに向き直って、頭を下げました。

「婚約については、改めて目黒の叔父がこちらに伺います」

思いがけないことでした。死を目の前にして何ヶ月もの間悩み続け、半ば諦《あきら》めかけていましたから。飛び上がるほどに嬉しく感じてもいいはずなのに、長い間の苦しみが感情を押さえつけているのでしょうか。ただ、この後のことはどうあろうと、正式に申し込まれたことは、私には何よりの心の救いになりました。そして、約二週間後の二十五日には亀山の辺りで結婚式を挙げられるだろうか、と具体的な話もすることができました。

利夫さんは、その二日前の七日に任務で千葉県の柏飛行場に飛来し、そのまま直接、ご両親と家督を継いでいるお兄さんに結婚の承諾を得るために、郷里の福島県駒形村に戻っていたのです。強い意志で説得して下さったのでしょう。その後、すぐに東京にいらしたのでした。

私は戦後、二十八年という月日が過ぎてから、利夫さんの三月以降の日記をご実家からお借りすることができました。

利夫さんが郷里にいた三月八日、その日の日記を見ると、結婚の了解は得ても、ご両親に特攻隊の使命を受けていることを告げることができなかったことが分かります。その苦悩は、いかばかりであったのでしょうか。

利夫さんはこんな心情を綴《つづ》っていました。

『昭和二十年　三月八日

八時半、雪に覆《おお》われたる郷里の駅頭に立つ。

飛雪粉々たる駅前に立ちて、暫《しば》し無量の感に留まる。

思わざりし、昨年奇《く》しくも本月本日夕同じく帰郷せし際に、再び帰ることあるまじと想いたるに、今ここに再度の帰郷に会すとは。

思えば昨年三月下旬、思いを南溟《なんめい》の天涯に馳《は》せつつ、永遠の別れを告げて内地を離れ、悪疫《あくえき》の地。

しかし、明媚《めいび》なる地、潮州に訓育の処《ところ》を得、猛訓をつづけること四ヶ月。

祈る者あれば護る神あるか。

幸いにつつがなく過程を了《お》え内地に帰還。恵み多き日々を、河内なる柏原に送ること四ヶ月。

選ばれて振武隊に入り、我が命ここに尽くさんと期しつつ、死の訓練に精励。

鈴《すず》鹿《か》颪《おろし》逆巻く北伊勢に移動。昭和二十年を迎えたり。

幾度か死を思い、幾度か偶然の神に救われ、しかして我が死、正に今年に在り。

我が命、今にして捧げまつらずんば、再びその機、来たらざるべしと自ら決するの時期を迎う。

緊迫せるこの秋にあって、両親同胞に接するを得るとは、未だ我に神あり。

無上の幸福を思うなり。

父上よ、母上よ、叫ばんとして声なく、温顔を仰ぎて心に哭《な》く。

我が任や軽からず。明すべきに非《あら》ず。

必死を思う我が心移らざるか。

父上、母上、我が生還を万が一にも希《ねが》うは、世の常の親として、まことに宜《むべ》なるべし。

それを思えば、いよいよ、いたわしの念湧《わ》き、唯々《ただただ》、御健やかに長く長く過ごされんことを祈るのみなり。

安らかな夜を迎えたり』

手紙では真意が伝わらないだろう、両親に直談判《じかだんぱん》してこい、と利夫さんに特別休暇命令を与えてくださったのは、彼の苦悩を見るに見かねた長谷川隊長でした。特攻隊の隊長となれば、自分の器量で部下を動かすことができました。とはいえ、勝手に戦闘機を動かせるはずもなく、様々なところへの折衝をするため、骨を折ってくださったようです。そうして、利夫さんは戦闘機に乗って柏飛行場まで来ると、そこからは汽車に乗り換えて実家に話し合いに行ったのです。

利夫さんは私に結婚を申し込んだ夜、今後のことを打ち合わせると話して、すぐに叔父さんの家に向かいました。

その夜、寝付いたかどうかといううちに、空襲警報が鳴り出しました。

このころは、連日の空襲で夜は布団《ふとん》を敷いて寝る余裕はありませんでした。モンペを着たまま、茶の間の掘りごたつに足を突っ込んで横になっていたのです。防空頭巾《ずきん》を被《かぶ》り、こたつ掛けの布団を胸元まで引っ張り上げて、寒さをしのぎました。灯火管制も厳しくなっていましたから、夜は早目に休んでいました。

　警報が鳴り響き、すぐにラジオを付けると、

「東部軍管区情報、東部軍管区情報……」

と途切れ途切れに声が聞こえてきます。敵は上空何千メートルにいて、何機編隊で、どちらの方向に向かっているのか、大本営陸海軍部がＮＨＫを通じて情報を流していました。

　聞き取りにくくても「Ｂ29」という言葉は、はっきりと聞こえました。富士山を越え、東京方面に向かっているようです。私たちは飛び起きると、裏の崖《がけ》に掘って作った防空壕《ぼうくうごう》に逃げ込みました。

　中でじっとラジオに耳を澄ましていましたが、状況がどうなっているのか、よくわかりません。私はひとりで防空壕を抜け出ると、空を見上げました。

　視界に入ってくる空をふさぐように、真っ黒な姿をしたＢ29が飛んでいました。高度も相当低かったのでしょう。私には、頭上の空間を埋め尽くすかと思うほど、Ｂ29は大きく感じられました。それが何機も何機も編隊をなして、東に向かって飛んでいきます。

（一体、どこに向かっているんだろう）

私は利夫さんが乗ってきた戦闘機の心配をしていました。もし、戦闘機に乗って帰れないような状況になったりしたら、厳しい軍律では、どのような罰が下されるのでしょうか。

ザァーと、急に強い大雨が降っているかのような音がしてきました。焼夷弾《しょういだん》が投下されたためか、空が真っ赤になっています。

この日、午前零時を過ぎた頃、本所深川を中心として東京の下町が空襲にさらされていました。十万人以上の死者を出した「東京大空襲」でした。

「これは容易じゃないぞ。どこかがやられている」

シンガポール作戦に参加していた長兄は、ただならぬ様子を案じていました。ラジオをつけっぱなしにしていましたが、どこが被害にあっているのか、何も報じません。結局、三時になって警報は解除され、家の中に戻りましたが、利夫さんのことが心配で眠るどころではありませんでした。

六時頃でしょうか。薄明かりが射《さ》してくると、道路に出てみました。太陽が見えないほどに煤《すす》けた空を見れば、尋常ではない何かが起こったことだけはわかります。

「利夫さんのところに行って来ます」

私は兄に声をかけると、そのまま駆け出しました。目黒は西の方にある。利夫さんの叔父さんの家が清水町というところにあることは知っていましたから、そこを目指してひたすら駆けていきました。路面電車の線路に沿って白金から目黒駅前へ、そして権之助坂《ごんのすけざか》から大鳥神社を目指していました。

（利夫さんが空襲にあっていたらどうしよう）

無事だけを祈っていました。

大鳥神社のところに差し掛かり、少し疲れて歩いていると、なんと向こうから利夫さんが歩いてくるのが見えました。

「よぉ！」

大きな声で片手を挙げている姿を見て、小走りに駆《か》け寄りました。

（怪我《けが》もない。本当に良かった。無事でいてくれて）

そんな気持ちを言葉にしたかったのですが、

「駅に向かいましょうか」

としか、言えませんでした。いろんなことを話したかったのですが、私たちは利夫さんの戦闘機がどうなっているのか気にかかり、駅まで黙って歩いて行きました。

駅に着くと、焼け出された人たちが構内を右往左往しています。煤けた真っ黒な顔の人もいました。戦闘機は柏飛行場においてあると聞いていたのですが、利夫さんはなぜか埼玉県の大宮市に向かうと言い、駅長室に向かうと私の分まで切符を二枚手に入れてくれました。そのころは軍服がフリーパスとなって、優先的に切符を手に入れることができたのです。しかし、ホームにたどりついても、電車が来る気配はありません。

太陽は出ているはずなのに空中には油煙が漂い、空全体がにごった橙色《だいだいいろ》になっていました。空気はよどんで煤のような雑物が混じり、その空気を通して丸い太陽が見えました。

なかなか来ない電車に人々は殺気立ち、電車を待つ間も利夫さんと話す気になれませんでした。

昨夜までは、二十五日には結婚式があげられるだろうか、と話をしていたのに、たった一晩ですっかり変わってしまった東京の姿を目《ま》の当《あ》たりにした今、これからどうするという先の話など、できるはずもありません。

ただ確実なのは、今この時点では生きているふたりが、触れ合おうと思えば触れ合えるぐらいの距離にいて、声を掛ければ答えが返ってくるということだけでした。目に見えぬ将来を語る言葉もなく、語ったそばから言葉がむなしくなってしまうのはわかっていました。

　もし、私がこのときに何か話していたら、きっと、

「あなたの飛行機に一緒に乗せて下さい」

　こう言っていたでしょう。私には自分が助かろう、後に残ろう、そういう思いは微《み》塵《じん》もありませんでした。

　すべてが「死」に向かっているように思えたのです。

　どのぐらい待ったのか、乗客がすし詰めになった山手線がホームに滑り込み、やっと乗り込むことができました。ですが、駅に着くたびに人は増え、押され押されて利夫さんとの距離が離れていきます。周囲から体を圧迫されて苦しくなった私は、とうとう池袋でホームに押し出されてしまいました。ぎゅうぎゅうに詰まった人の間に利夫さんが見えました。

「利夫さんっ！」

「東京は危ないぞ！　一日も早く身ひとつで来いよ！」

　叫ぶ声を聞き留めました。それでも私はほんの少しの別れだと思っていました。

　池袋駅のホームは、地面より高い位置にあります。

　利夫さんを乗せた電車が通り過ぎると――、目の前に思いがけず焼け野原がざーっ

と広がっていました。昨夜の空襲よりも前に、池袋は荒地になっていたのです。地の先まで視線を遮るものは何もありません。

（池袋もこんな風になっていたなんて）

飛行機に乗っている利夫さんは、空の上からこうした荒れ果てた土地を絶えず見ているのでしょうか。ひたすら空虚な現実がありました。

空襲から十日経《た》ち、三月十九日に、利夫さんの叔父さん夫妻が、結婚の申し込みに見えました。そして次の日には、兄と一緒に目黒の叔父さんの家に伺って、正式に利夫さんからの結婚の申し出を受け入れることができたのです。

晴れ晴れとしたとても穏やかな日でした。私はこれでやっと、何も迷わずに利夫さんのもとに行くことができると、ほっとしていました。長谷川隊に異変が起きていることなど、まったく知らずに。

三月二十一日、長谷川隊長の奥さまから速達が届きました。長谷川隊が十六日にはすでに亀山を出発し、九州に飛び立ったというのです。急いで亀山に来るように、手紙にはそう記されていました。郵便事情も日増しに悪くなっていて、速達といえども五日間もかかりました。郵便局自体が空襲を受けることも珍しくありませんでした。

亀山に着き、すぐに長谷川隊長のお家《うち》に向かうと、隊は宮崎県都城《みやこのじょう》市にいることがわかりました。

「主人は、〝一ヶ月は都城にいるから、智恵子さんを呼んでここで待て〟と言い残していきました。そのうち都城に呼ばれるはずですから、一緒に待っていましょう」

奥さまはそう言うものの、戦況はどんどん悪い方向に向かっています。これまでは海軍の特攻隊が主でしたが、陸軍にも出撃命令が下されるようになっていました。

（そんなのんきに一ヶ月も待っている場合ではないのでは）

悪い予感は拭《ぬぐ》い去れませんでしたが、それでもまだ長谷川隊長の言葉を信じれば、都城で利夫さんと一緒に生活できる日が来るだろうと、一縷《いちる》の望みは持っていました。

ところが隊長からはその後、何の音沙汰《おとさた》もありません。空襲は東京などの大都市に限らず、軍需工場などがある地方都市にまで広がっていました。戦局は刻々と窮迫して、沖縄にはアメリカ軍がせまってきています。

三日経ち、私は都城に行く決心をしました。長谷川隊長の言葉に望みを託すことは、単に自分を慰めるだけのものだと気がついていたからです。

利夫さんは私に最後まで、特攻隊だと正式に明かすことはありませんでした。あくまでも暗黙の了解だったのです。長谷川隊長も奥さまには、自分がどういう立場にいる人間なのか話していないようでした。緊迫した状況の中にいた隊長が、「都城で一ヶ月は暮らせる」と話したのは、半ば気休めのようなものだったのかもしれません。

戦後に知り合った、第五十一振武隊の荒木春雄少尉の未亡人である志げ子さんからは、こんな話を聞きました。

荒木少尉は最期の日、妻に向かって、「雨が降ったら帰って来るよ」と言って家を出たそうです。天候が悪ければ出撃は中止。特攻隊という一言が言えなかった夫は、慰めを含んだあいまいな言葉を残していくしかなかったのでしょう。しかし、夫の言葉に含まれた意味をわからなかった志げ子さんは、夫の戦死を伝えられるまで、雨が降る日は玄関に座り込んで、彼が帰ってくるのを今か今かと待っていたそうです。

長谷川隊長の奥さまも、もしかすると、本当は夫の死を予感していながら、現実を直視できなかっただけなのかもしれません。彼女は、時局を知らせるニュースは見ないようにしていました。

それでも私は我慢できなくなっていました。

「私が都城まで行って、様子を見てきますから」

奥さまにこう言い残し、二十五日夜に亀山を発《た》ちました。福岡県には父と母が疎開《そかい》していましたし、九州には幼いころから何度も足を運んでいます。一旦《いったん》、両親のところへ立ち寄ることもできました。

（もう一度、利夫さんに会いたい。ほんのわずかな間でも、妻として利夫さんを送り出してあげられたら）

汽車を乗り継いで九州に向かいましたが、思いのほか時間がかかってしまいました。というのも、九州は東京以上に戦火にさらされていたのです。アメリカ軍が沖縄に上陸するかどうかというときでしたから、宮崎に向かう海岸線沿いの日豊《にっぽう》線には海軍航空隊が点在していました。連日連夜、空襲が行われて汽車も度々行く手を阻《はば》まれ、父母の疎開先に着いたのは、二日後の二十七日でした。

父母のもとに立ち寄ったのは、両親に利夫さんと婚約したことを直接伝えたかったということもありました。それを聞いた母は、一緒に都城に行くと言い出しましたが、間に合わなくなっては困ると、再びひとりで発ちました。

そこから都城へ向かう途中、敵機から爆撃を受けました。ドアだけでなく、窓からも人が次々と乗り込んで来るような満員の汽車が、山間部に差し掛かったときです。はげしい空襲のサイレンが鳴り、突然ガクンと停まりました。

「すぐに出ろっ！　山へ逃げるんだっ！」

誰かが大声で叫ぶ声がしました。ぎゅうぎゅうに人が詰まっていましたが、みんな一斉に線路脇《わき》にあった防空壕に飛び込んだり、山の林に逃げ込んだりしました。私も必死に車外に出て近くにあった穴に隠れました。そのとき、

「伏せろーっ！」

海軍の兵隊さんが自分のマントを防空壕にパッとかぶせると、自分がその上に伏せました。バババババッと、すぐに銃撃の音が聞こえてきました。

とっさに身を挺《てい》して私たちを守ってくれる兵隊さんがいるという事実は、もう日本は負けるかもしれないと感じていた私であっても、

（こんなに強い兵隊さんがいるんだもの、日本はまだ大丈夫）

と思い直してしまうほどでした。

途中、こうした退避を何度か繰り返しながらも、都城にたどり着きました。亀山を発って四日。二十九日のことです。

都城駅に着いても、飛行場がどこにあるのかわかりません。家族にさえ特攻隊であることを明かせないのと同じように、飛行場の場所もまた、機密事項になっていました。ですが、飛行場がある駅は、家族などの面会者のための旅館が駅前に立ち並んでいましたから、旅館や地元の人たちに聞けば、何か情報は摑《つか》めるのではないかと思っていました。

立ち並ぶ旅館のひとつに飛び込みました。地元の女性は南国らしく、日に焼けていて逞《たくま》しい体つきをしています。

「航空基地はどこにありますでしょうか」

「航空基地？」

「はい。飛行場です」

「ああ、東と西とふたつありますよ」

「東の飛行場を教えて下さい」

都城に飛行場がふたつあることは事前に聞いていました。東の飛行場を先に知りたかったのは、西よりも名が知られていたからです。聞くと、駅からかなり離れた場所にありました。

飛行場までの道は、畑や野原が続いています。何人かの人に場所を確認しながら数時間歩くと、やっと飛行場の門柱らしきものが見えてきました。それを目指して緩やかな坂道を登っていくと、向こうから飛行服を着たふたり連れが歩いてきました。

（これで間違いない。やっと飛行場に着いた）

近づいてくるふたりは、腕を組んでいるようでした。

（あっ）

遠くからではわかりませんでしたが、ひとりは手も顔も、目に見えるところはすべて包帯で巻かれていました。辛うじて、隙間《すきま》から細く目が覗《のぞ》いているだけです。

（どうか、利夫さんにもう一度会わせて下さい）

私は祈らずにはいられませんでした。

門柱のところには、拳銃《けんじゅう》を持った衛兵が立っていました。

「面会に来たのですが」

「どなたでしょうか」

「第三振武隊の穴沢利夫です」

「しばらくここでお待ち下さい」

どうか利夫さんがここにいますように。

緊張して待っていると、衛兵はすぐに戻って来ました。

「第三振武隊は、徳之島《とくのしま》に前進しました」

徳之島が沖縄の近くにある島だということ、沖縄が戦場と化していることは知っていました。私は都城から沖縄へ直接出撃するものと思っていましたが、徳之島と聞き、より沖縄に近い島が中継地点となって、そこから飛び立つのだろうと思ったのです。

（ここまで来たのに、間に合わなかった……）

もう帰るしかありません。

（どこに追いかけて行っても、利夫さんには会えないんだ）

いつかは会えなくなるだろう、と別れの予感は絶えずありましたが、今、それが現実となってしまったのです。

基地の門を出て坂道を下り、周りに人がいなくなると、私は腰が抜けたように、野原の中に座り込んでしまいました。空にはすでに夏雲が湧《わ》いています。周りには紫や黄色の小花が咲いていて、風が流れ、小鳥のさえずりも聞こえてきました。

（なんで戦争なんかしているんだろう）

自分が今抱えるものとはあまりに違う桃源郷のような風景が、戦いにある身を忘れさせてくれるようでした。

空には、飛行機雲が一筋、きらりと光っています。

（このままここで眠ってしまえたら……）

私はしばらく身じろぎもせずに座り続けていました。

第四章　特攻　あなたをたどる旅

利夫さんが徳之島へ発ったと聞いたときの心情を、私はノートに『万事は終った涙も出ない』と書き留めていました。

昭和二十年三月二十一日、私が長谷川隊長の奥さまから連絡を受けた頃、長谷川隊は出撃命令を受け、緊迫した状況にありました。当時、隊がどのように行動していたのか私が知ったのは、戦後になってからのことです。

昭和四十八年に目にすることが出来た利夫さんの日記には、三月から四月にかけての詳細な記録が綴《つづ》られていました。また、彼の日記に加えて、戦後次々と出版された特攻隊に関する記録や、長谷川隊にかかわった様々な方からお話を伺うことで、利夫さんがどのように最期《さいご》のときを迎えたのか、私は少しずつ知ることになりました。

利夫さんの叔父さん夫婦が私の家に結婚を申し込みに来られる三日前の三月十六日には、利夫さんはすでに亀山《かめやま》を離れて大分《おおいた》海軍飛行基地に前進していました。すぐに都城には移動せず、大分で特攻隊としての最後の訓練をしたようです。亀山を発《た》つというその日、利夫さんは一首、

『ますらをの首途《かどで》送るか梅の花』

と、書き残しています。

いよいよというとき、見送る人もいない。利夫さんはひっそりと咲く梅に後引く思いを残して行ったのでしょうか。

長谷川隊はその後も転進を重ね、手紙の発信も禁止されていました。

大分では、到着早々、アメリカ軍から爆撃を受けたようでした。私は利夫さんを追って都城に向かっているときに、九州が東京以上に爆撃の対象になっていると実感していたように、このころは、アメリカ軍の機動部隊から日本に送り出された多くの飛行機が、九州各地の基地を攻撃していたのです。

『三月十八日

一昨十六日より、大分海軍飛行場に演習のため出張せり。

本払暁《ふつぎょう》より警報。機動部隊来襲せるなり。

午後爆撃を受く。

おおむね四十分にわたり反復。付属施設爆撃され、一挙にして姿無し。

飛行場に損害ほとんど無き模様。

格納庫は飛散せる石塊《いしくれ》および銃撃のため処々《ところどころ》破損せり。

来襲機、数十余機にして取るに足らざるものなるも、我に邀撃《ようげき》機一機とてなく彼のほしいままに任せざるを得ざる状況にして、無念やるかたなし。

せめて二機なりとあらば、不充分なるも妨害し得たるものを返す返すも残念なり。

投下爆弾は、50Ｋ、２５０Ｋの両種と想像せらる。

十六時頃、グラマン五、六機来《きた》り、掃射を加う。

大型機数機、被爆、炎上せり。

十七時四十分、大分離陸。

防府《ほうふ》に退避せり。六機のみ。

分散を了《お》え、皆の集合を待つ。

既《すで》に日暮れ。三日月仄《ほの》かに飛行場を照らし、星また輝く。

静かに詩を吟ずれば、忽《たちま》ちにして夢ならむか日中の惨状』

この日、大分から山口県の防府に避難することになった利夫さんたちでしたが、翌日にはＢ29が、中国、近畿《きんき》地方に爆撃を仕掛けてきました。利夫さんは飛行場の近くにある集落に逃げ込み、時をやり過ごしていました。

連日、爆撃を受けながらも、死にゆく訓練を続けなければならない彼の目は自然の美しさに向けられていました。

『三月十九日

（略）

梅匂《にお》ふ　小径《こみち》を行けば　海開く

○梅が香に　小径たどれば　海開く

瀬戸の海　茫洋《ぼうよう》として　梅薫《かお》る

○梅日和《びより》　望洋として　瀬戸の海』

死を目の前に、ますます心は澄み、自然をいつくしむ気持が強くなったのでしょう。利夫さんが日記に残している風景は穏やかなものばかりでした。いくつか句を考えて、良い方の句へ丸印をつけている様を見ると、彼が殺伐とした戦場にいたように思えません。

利夫さんは、何があっても文学を愛する人でした。命を失うような局面になったからこそ、より一層、文学に身をゆだねたのでしょう。私は利夫さんへの思いを他の人が詠《よ》んだ歌に託してきましたが、彼はいつも、自分で歌や俳句を詠んでいました。防府で行う訓練もまた、戦闘機に乗り、瀬戸内の徳山湾にいる軍艦目がけて急降下をするというものでした。

『三月二十日
為《な》すこと無し。熊谷、広島より帰る。
藤井女史、健在の由（智恵子注・熊谷少尉の女友達）。
夕食後、防府の町へ出、散髪して帰る。

三月二十二日
朝来春雨にけぶり、四囲の山々 盡《ことごと》く薄雪におおわる。

午《ひる》近く、隊長殿以下、三機来る。

午後演習準備せるも、雨のため中止。

夕刻に至り、バス利用。防府市に至り、駅前、石田屋旅館に投ず。一行隊長殿以下、五名なり（吉田市、山本、滝村、小宮）。

窓を開けば、小山間近に迫り、春雨に濡れる。

街の屋並は、恰《あたか》も温泉町を思わせる風情ひとしおなり。

茶を啜りつつ、これを眺むる吾人《ごじん》は、近く出撃の神機と捉え、華と散る身なりやと、怪しむばかりなり。

十九時、宿を出でて、映画館に入る。

「歌う狸御殿」上映中。訳のわからぬ映画にして、真意奈辺《なへん》にありや。知る能《あた》わず。

三月二十三日

艦船攻撃訓練。目標艦、予定位置にあらずして訓練成立せず。

やむなく徳山湾内にある巡洋艦らしき軍艦に対して、急降下攻撃を実施す。

再度離陸。目標を捜索す。視度極めて悪く発見し得ず。

あるいは予定位置を変え、別府湾にあるに非ざるや』

私が亀山を後にした三月二十五日、利夫さんは防府を離れ、都城に移りました。その二日後、第三振武隊であった長谷川隊は、第二十振武隊と改名されて、九州を管轄《かんかつ》とする第六航空兵団の指揮下に入りました。

そして出撃命令が下されたのです。
まもなく出撃だということを知りながらも、いえ知っているからこそでしょうか、利夫さんの日記は静かで落ち着いたものでした。

『三月二十五日
十三時半。防府発、都城に向かう。
高度２５００付近まで、烟霧《えんむ》のため、視程２Ｋ程度なり。
別府湾に至るの間然り。
十四時半都城東飛行場着。
１０１ＦＲすでに在り。迎えを受く。
兵舎は半地下。
山に囲まる環境よし。
〃かかるところに住まば長生きすべし〃と友言えり。
三月二十六日

朝は少しく霜置けるを見。相当の冷えを感ずるも陽の昇ると共に頬に暖かし。さすがに九州南部なり。

午前、踏査せり。一式戦には可なり。

将校室内に木蓮、椿、桃薫る。薫風、微々として来たり。山林の梢を揺《ゆら》す。

出撃近きを感ず。書簡を焼く。

残し置きたるはことごとく智恵子よりのものにして、燃え立つ炎と共に感、また心を揺す。

無量なり（略）』

利夫さんは、私が送った手紙を数通残し、すべてを灰にしてしまいました。彼が軍隊に入るというとき、私も手渡された手紙の束を燃やしましたが、利夫さんも炎に託すことで、思い出を浄化させたかったのでしょうか。

それでも、日記の中には、私が手紙に書いて送った歌がいくつか書き写されていました。「余香を残すため」と利夫さんが残した歌は、私の心を締め付けました。

わかれても　またもあふべく　おもほへば
心充《み》たれて　わが恋かなし

いつも他の人の歌を引用して手紙に書いていた私でしたが、この歌は来世への想《おも》いを託して自分が詠んだものでした。「かなし」には、涙を流す単純な悲しさばかりではなく、様々な思いを込めていました。

年若くして来世まで考えなければならないという切なさ、自分たちの力ではどうすることもできず、枠の中に閉じ込められたような人生への落胆、恋を成就《じょうじゅ》できないいじらしさ――。自分たちの思いは、何ひとつかなえられていない。かなえられそうになると、また別の何かが動いてふたりの邪魔をする。自分の意志で全《まっと》うできない人生を生きなければならない私たちの歌でした。

利夫さんは翌日、特攻隊の出撃基地、知覧に向けて出発することになりました。

『三月二十七日
いよいよ出発。行李《こうり》（父宛《あて》）、書籍（三冊）智恵子宛、発送を事務室に依頼す。
四ヶ月の間、苦楽を共にせし整備隊と別れを告げ、十五時、機上の人となる。

整備隊中、涙を流し、下をうつむく者多く、出発の我等また断腸の思いなり。

離陸。煙吐く桜島を右に鹿児島湾を横断するや、微雨ありて雲低し。

単縦陣《たんじゅうじん》となりて知覧に進入す。

本夕刻直ちに徳之島《とくのしま》に前進の予定なりしも、悪天候のため延期す。

飛行団長、１０３ＦＲ長、６５ＦＲ長列席、会食せり。

後に知覧町に出、旅館に一泊す。

微雨、依然として続く』

私が宮崎県都城の東飛行場にやっとたどり着いたそのとき、利夫さんは鹿児島県の南部にある知覧町にいたのです。当時、私がそれを知っていればすぐにでも追いかけたことでしょう。都城は、鹿児島県との県境にあります。亀山から都城に来たことを思えば、目と鼻の先と言ってもいいほどのところに利夫さんはいたのに……。

（一夜でもいい。今度こそ、妻として見送りたい）

そのとき、私はその一心でいましたが、思いを遂げることはできませんでした。

この後、利夫さんは、知覧から五度、出撃することになります。

二十七日から天気は崩れ、翌日も知覧は一日中雨だったようです。二十七日の夜に壮行会が行われたものの、翌午後四時に予定されていた出撃は中止され、夕方になって明未明の三時出撃と通達されました。しかし、飛行機の整備が間に合わず、またもや中止になりました。

『三月二十八日
十六時、出撃の予定なりしも中止。夕刻に至り、明け未明三時出撃と決定せり。隊員盃を廻し、ささやかな食事を済まし、準備のため、飛行場に行く。分廠整備員、頼みとするに足らず。
準備ほとんど整わず、遂にまたも中止となる』

二十九日午後四時近く、ついに長谷川隊が出撃しました。中継地点となる徳之島に前進し、そこから特攻攻撃を行うことになります。

しかしこのときもまた、利夫さんは出撃を免れていました。十二人いる隊員のうち、利夫さんを含む五人の飛行機の整備が間に合わず、利夫さんは爆弾を積んだ仲間の飛行機が飛び立つのを見送るだけだったのです。

日記には、ただ三行、

『嗚呼《ああ》、我、残されり。
隊長以下、七名ついに出発せり。
見送る、我の姿　あわれ』

と、残されていました。

利夫さんが初めて出撃したのは、三月三十日午後四時でした。吉田市少尉、伊藤忠雄少尉、滝村明夫少尉と中継基地の徳之島に向かったのです。ですが、やはり天候に恵まれなかった利夫さんは、気流に地図を吸い込まれてただひとり、基地に戻ってきました。

『三月三十日
（略）中ノ島付近より、天候刻々悪化し、四機単縦陣となり雲を縫うて進む。

高度五十米となる。行手は墨を流したるがごとく暗し。飛行一時間十五分、四機もろとも雲中に突入せり。瞬間右に強引なる旋回をなし、雲中より脱出せるも、頼みとする地図をとばし、やむを得ず、単機基地に帰還せり。

他の三機の運命やいかに。

三月三十一日

嗚呼《ああ》、天は我が隊を見捨てたるか。

他の三機の行方知れず、暗然たり』

利夫さんの次の出撃は四月二日でした。徳之島からは、二十九日に出撃したはずの寺沢幾一郎軍曹が知覧に戻ってきていました。着陸するとき、弾痕《だんこん》に飛行機の脚を取られて大破してしまったからです。利夫さんは絶えず、苦楽を共にした隊員たちの安否を、絶えず気遣っていました。戻ってきた寺沢軍曹に徳之島の情勢を聞いています。

四月に入った知覧は、気温も二十五度ほどと初夏の陽気になっていました。

『四月二日

九時、徳ノ島より、寺沢軍曹帰還せり。
二十九日、着陸時、弾痕に脚を入れ、愛機を大破せるなり。
遂に精鋭なる我が隊も、戦力半ばに減じたるか。
徳ノ島の状況を聞く。
昨一日、山本秋彦少尉出撃。大型輸送船に命中。撃沈せりと。
今二日払暁《ふつぎょう》（明け方）、隊長・小嶋伍長《ごちょう》出撃。戦果は未《いま》だ知れず。
なお、三十日、我と同行せる滝村少尉の消息に関しては、依然として不明なり。
燃料尽きて海中に没したるやも知れず。嗚呼……。
十六時、三十振武隊と共に単機を以《もっ》て同行するも、誘導機故障のため、再び帰還せり。
あくまで武運に恵まれざる我よ。
三十振武隊と共に明日の出撃をはかる。

散る花とさだめを共にせむ身ぞと
ねがいしことの　かなう嬉しさ

四月四日
寺沢軍曹、代機を得る。
整備完了を待ちたる上、三機にて出発せむと謀《はか》り。
参謀に具進す。参謀諾せり。
我が隊の整備人員六名来る。
いずれも優秀なる者のみなり。整備の完璧を期せん。
昨日到着せる柴田軍曹を入れ、合せて七名なり。

四月五日
早朝より整備員、整備に励む。
朝食も採らず、作業に従事する彼等に感謝の言葉なし。

四月六日
本日薄暮、出撃の命下る。
いざ征かんかな。紫電一閃、敵艦なし。

この日、長機大手少尉、僚機寺沢軍曹、二分隊小官の編組をもって出発せるも、海岸線上空にて、三式戦の記号をなせるに対し、長機、判断を誤り、帰還せり。

四月七日

雲低く、午後の出発を危ぶみたるも出撃と決定す。

午後に至り、雨降り出し、出発時刻頃、漸次《ぜんじ》強まる。

十五時十分離陸。海上雲低く、視度悪し。大事をとり、またも引き返す。

一昨五日の新聞を見る。

隊長、山本少尉、大型輸送船命中撃沈せるを知る。愛機もろとも、突撃せるものか、あるいはまた、爆弾のみ投下し、右の戦果をあげたものなるか、記事のみにては判然たらず。

機動部隊攻撃を目的とし、鋭意訓練を積みたる我が二十振部隊なるを思えば、希《ねが》わくは後盾《うしろだて》なれとひたすら念ず。

我が思いは、果たして叶いたるや否や』

仲間と共に散ろう、と利夫さんは考えていたのでしょう。飛行機の整備が遅れていた大平誠志少尉と、代機を得た寺沢軍曹との三機で出撃することを相談し、四月六日の夕方、大平少尉を長として出撃しました。

しかし、鹿児島の南にある硫黄島の辺りで、誘導していた戦闘機の合図を長機であった大平少尉が「敵情が変化したもの」と読み違え、三機とも戻ってきています。さらに、七日午後、やはり三機で飛び立ちましたが、天候不良で引き返さざるを得ませんでした。

出撃の日が目前に迫ってからの利夫さんの日記は、出撃の成否について書かれた簡素なものになっていました。ですが、度重なる不運のためでしょうか。八日と九日の日記は、初めて利夫さんが特攻隊として死ななければならない若者の心の内を吐き出していました。

『四月八日　曇

夕べ、大平、寺沢と月見亭に会す。

憶良の「酒を讃える歌」を思い出すなり。たまにはよきものなり。

春雨が降るからとて、何もセンチになる必要はないじゃないか。

今更センチになるお前でもあるまい。

明日、明後日のいのちじゃないか。

愚かなもの思いはよせ。

心の隅でいくらこのような声がきこえても、やっぱり俺は感傷の子さ。しっとりと雨に濡《ぬ》れる若葉の道を一人歩いてみれば、本然の性格が心の中で頭をもたげてくる。

忘れてしまうには、余りにも惜しい思い出の多くが俺の性格のかげから一つ一つ覗《のぞ》き出る。

過去のない男。世の中にそんな男があれば、春雨も降りはしまい。

若葉も南国の春を伝えまい。

過去、現在、未来と時は流れ、人間に歴史を与えてゆく。

悠久なるものへの憧れを持ちながら、渺《はるか》なる時を楽しみ、現在を設定し、過去と未来をもつ。矛盾したことと笑ってはいけぬ。

果てしない時も世間の人は己が人生五十年と同じ長さにきり測れないのだから。俺も世間の人。こんな短かかった生涯の上に過去があり、現在がある。

人間の都合とか便利とかで永遠なるものを切り断ってはなるまいに。

人間の生涯を区分することはできても、かくのごときは書かずもがな。

三十振武隊の整備の下士官が竹を切って横笛を作っている。

火箸《ひばし》を焼いては一つ一つ穴をつけてゆく。間もなくできあがる時を頭に描いてか、時々嬉《うれ》しそうに口元をほころばせる。

一つ穴を開けては、火箸を火の中に突っ込み、赤く焼けるのを待つ間、吹鳴する時のように、指をあて、唇《くちびる》をあててみたりするほほえましい様子に、傍からのぞき込みながら、かつて智恵子が「歌を詠みながら戦いをする日本人は何と幸福なことでしょう」と書き送ってあったことを、ふっと思い出した。

陣中にある将兵が歌を詠み、あるいは楽の音を楽しむ静かな半面をもつ人間は、確かに人間として豊かな人であるに違いない。

四月九日

終日雨降りしぶく。
長与《ながよ》善郎《よしろう》著「自然とともに」読み始む。
万葉を読みたし。詩を読みたし。

○読みたき本
一、万葉、芭蕉《ばしょう》句集
二、高村光太郎「道程」
三、三好達治「一点鐘」
四、大木実「故郷」
○観《み》たきもの
ラファエル「聖母子像」
芳崖《ほうがい》「悲母観音」
○聴きたきもの
一、シュトラウスのワルツ
二、懐《なつか》しき人々の声』

利夫さんが知覧で出撃を待ち続けているとき、私はすでに都城を後にし、四月二日までは、福岡県にいる両親のところに身を寄せていました。両親は私のことを心配していましたが、私は他人が見ても「いつもと変わりない」と安心するほど、落ち着きを見せていたようでした。

福岡からいったん亀山に戻り、長谷川隊長のお宅で、奥さまと少しの間、一緒に過ごしました。私は彼女に、特攻隊が出撃したことを話すことができずにいました。ところが、四日、急を告げる放送がラジオから流れて来たのです。

夕方、ご飯を食べているときでした。ザザッ、という雑音に混じりながら、

「……陸軍大尉・長谷川実隊長……未帰還となり……」

と、聞こえてきます。ふたりで、思わず手を止めて聞き入りました。

（あの長谷川隊長がお亡《な》くなりになってしまった）

長谷川隊長の体当たり攻撃が大きな戦果を挙げた、という内容でした。このラジオ放送で長谷川隊長の戦死は確実になってしまいましたので、私たちは荷物をまとめ、五日の夜には亀山を離れたのです。

私は東京に戻ると、すぐに目黒にある利夫さんの叔父さんの家へ向かいました。報告を兼ねてと思っていたのですが、

「智恵子さんのために、正直にお話しした方がいいのかもしれない」

そう前置きをして、叔父さんと叔母さんは、思いもかけぬ話を打ち明けて下さいました。

叔父さんの家には、都城で書かれた三月二十五日付の利夫さんの手紙が届き、やはり結婚は許されなかった、と書かれていたというのです。叔父さんは私に、婚約を白紙に戻すと告げました。

私は、最後まで結婚を反対されたまま出撃した利夫さんの気持ちを想うと、心の底から怒りと悲しみが突き上げてくるように感じました。

帰り道、目黒駅近くの真っ暗な権之助坂《ごんのすけざか》を歩きながら、身も心もどこかに投げ出したくなるような気持ちを、ようやく支えながら家に帰り着きました。何事もないように過ごしていた私でしたが、さすがにこの日ばかりは食事も喉《のど》を通りません。

二、三日過ぎたころでしょうか。

「これを見れば、納得なさるかと思います」

婚約破棄を告げられた私のくもった表情から気持ちを察してくださったのでしょう。

何もこんなときに言わなくてもいいのに、という思いも敏感に感じ取られたのか、叔母さんが利夫さんから届いた手紙をわざわざ持ってきてくださいました。

その手紙には、両親ではなく、兄の反対が大きかったと書かれていました。そして、郷里に戻って両親を説得したとき、床に就いた自分の傍らに来て、最後まで所帯道具を心配してくれた母を信じる、と。

大事な部分のみ、急いで書き写しました。

『折がありましたら、利夫の真情、改めてお伝えください。

そして、あの人あったがために、純情一路に生き抜けたことを嬉しく思いながら、征《ゆ》ける幸福者であることも。

最後に強く伝えていただきたいことは、

自己の意志一つで生きてゆくこと

いかなることでも、自己を幸福にする道と信ずる場合には、恐れず進むこと

要すれば、過去の利夫をきれいに忘れ去るべきこと

賢明なる女性は、良き妻となり、良き母となるのを最上の道と、利夫は考えおること

将来のためには、過去の一切を忘れ得るのが、真に強き者であること

以上、くれぐれもお願いします』

「誰も恨まない」

利夫さんは、手紙のなかでこう書いていました。しかし、

「最も満足した境地をもって征けぬのを正直に告白し、非常に残念に思います」

とも、ありました。利夫さんの望むことであれば、何でもしてあげたい。私は最後までその一念でいたのに……。

叔母さんが帰り、家族が寝静まって物音ひとつしない暗闇《くらやみ》の中で、利夫さんはもう出撃したのだろうか、苦痛を抱えたまま敵に飛び込んで行ったのだろうか、無念ではなかっただろうか、私はそんなことを考え続けていました。

戦後、利夫さんが所属していた大阪の第二四六戦隊の人に写真を見せてもらったことがありました。

戦友の方たちと写ったたくさんの写真の中で、ひとりだけカメラに視線を合わせていない兵隊がいます。それが利夫さんでした。他の写真でも、集まった仲間たちの笑顔の隙間《すきま》からちょっとだけ顔を出し、口を真一文字に結んだまま写っていました。

私は大阪に面会に行ったときに、利夫さんは軍隊に対して批判めいた気持ちがある

のではないか、絶望しているのではないか、と感じることがありました。時々見せる、無表情な顔が、それを物語っていました。ですが、私が利夫さんから本音を聞きだそうとすると、話をぴしゃっと断ち切って、決して打ち明けてはくれませんでした。ですから、戦友が持ってきた写真を見たとき、ああ、やっぱり……、と思ったものです。

　そして彼は、私の知らない利夫さんの激しい一面も教えてくれました。

「あるとき、陸軍の幹部が訓練場に来て、テントの中で訓練を見学していたことがありました。そのとき、穴沢は上官たちの見ているまえで、そのテントすれすれに飛行機を急降下させたんです。みんな息を呑《の》みましたよ。アイツは思いがけず大胆なことをやる、と仲間内で話題になったことがあったんです」

　利夫さんたち学徒兵は、人生の夢や目的が別にあったにもかかわらず、それをなげうって祖国の急に備えて軍隊に入ったのですから、理想も高かったのでしょう。それなのに上官の気分だけで殴られることもあれば、いじめられることもあったそうです。階級を飛び越えて軍隊に入ることのできた特別操縦見習士官の学徒兵に対して、やっかみ混じりの気持ちを持つ人もいたと言います。

「言われなき辱《はずかし》めを受けたこともある」

戦時中を振り返って、こう話す学徒兵の方もいました。

特攻隊というものは、そのとんでもない理不尽の最たるものだったのではないでしょうか。人間が弾となり、帰ってきてはいけないというのですから。それも、権力を持ったものは逃げ、権力を持たない若いものだけが行かされる。必ず死ぬことがわかっていても、敵艦に突っ込んでいかなければならない。人間ならば、誰もが「やりたくない」と本能で思うでしょう。利夫さんもまた、そう感じるひとりだったのだろうと、私は思っていました。

饒舌《じょうぜつ》だった八日、九日の日記と比べると、十一日の日記はほんの数行で終わっていました。

『四月十一日
明十二日出撃と決定す
幸《さいわい》、天候も回復せり
ふるさとに　今宵かぎりの　命とも
知らでや　人のわれを待つらむ　（武時）』

こう記した翌日、利夫さんは、還《かえ》らざる任務に就きました。

出撃したときの利夫さんの様子を知る方に、戦後、話を伺うことができました。きっかけは、九州旅行で知覧に行った弟夫婦が、特攻平和観音に詣《もう》でた際、その境内で、特攻基地に奉仕していた女学生の日記を見つけたことでした。その日記にあった「穴沢機出撃」の文字に驚いた弟が、日記を書いた女学生の連絡先を聞いてきてくれたのでした。

昭和四十四年一月十三日、私はその女学生・永崎《ながさき》笙《しょう》子《こ》さんを訪ねて、埼玉県に向かいました。奇《く》しくも利夫さんが私を帝室博物館の門まで呼び出し、心を打ち明けて下さった日です。私はめぐり合いの縁を感じていました。

永崎さんは、一枚の写真を用意して待っていてくれ、私の目の前にさっと、その写真を差し出しました。

「穴沢少尉《しょうい》に間違いありませんでしょうか」

「ええ、ええ。間違いない……。利夫さんです」

今にも飛び立とうという戦闘機に、一列に並んで桜の枝を振り続ける女学生たち。

戦闘機から敬礼している利夫さんの最期《さいご》の姿がありました（口絵写真参照）。

利夫さんは出撃するまで、三角兵舎と呼ばれた宿舎で寝起きをしていたといいます。半地下壕《ごう》に板で屋根を組んだもので、外からは低い三角屋根だけが見える作りでした。

敵機にわからないように、兵舎は松林の間に点在していました。まだ四月初めだというのに、松林の中ではセミがジィジィと鳴いていたそうです。

「その日は総攻撃が行われて、大勢の方が出撃されましたが、穴沢さんは午後三時ごろに出撃されました。穴沢さんは大平さんと寺沢さんと三機で編隊を組んで、羽根を三回大きく振ってから、開聞岳《かいもんだけ》に向かって飛んでいきました」

永崎さんはその様子を、すべて自分の日記に鉛筆で書き残していました。

「穴沢さんが一番機として出発線にいらしたときに、すぐにわかったので声をかけたら、こちらを見てにっこりと笑って下さったんです」

私は「自分も負けずに、朗らかに笑って征く」と書かれていた利夫さんの遺書を思い出しました。写真の利夫さんは首元がふくらんでいます。白いスカーフの下に、私のマフラーを巻いて下さっていたのでしょう。最期まで本当に誠実な人でした。

利夫さんの遺書は、四月十六日、東京の自宅に届きました。出撃の直前に、私に宛《あ》てて書いてくれたものでした。封筒は兄夫婦宛てでしたが、私宛ての封書も同封されていたのです。

『二人で力を合せて努めて来たが、終《つい》に実を結ばずに終った。希望を持ちながらも、心の一隅であんなにも恐れていた〝時期を失する〟と言うことが実現してしまったのである。

去月十日、楽しみの日を胸に描きながら、池袋の駅で別れてあったのだが、帰隊直後、我が隊を直接取り巻く情況は急転した。

発信は当分禁止された。(勿論《もちろん》、今は解除)

転々と処《ところ》を変えつつ、多忙の毎日を送った。

そして今、晴れの出撃の日を迎えたのである。

便りを書きたい。

書くことはうんとある。

しかし、そのどれもが今までのあなたの厚情にお礼を言う言葉以外の何物でもないことを知る。

あなたのご両親様。兄様。姉様。妹様。弟様。

みんな、いい人でした。


至らぬ自分にかけて下さった御親切、まったく月並みのお礼の言葉では済み切れぬけれど「ありがとうございました」と、最後の純一なる心底から言って置きます。

今はいたずらに過去における長い交際のあとをたどりたくない。

問題は今後にあるのだから。


常に正しい判断をあなたの頭脳は与えて進ませてくれることと信ずる。

しかし、それとは別個に、婚約をしてあった男性として、散って行く男子として、女性であるあなたに少し言って征きたい。

「あなたの幸を希《ねが》う以外に何物もない」

「いたずらに過去の小義にかかわるなかれ。あなたは過去に生きるのではない」

「勇気を持って、過去を忘れ、将来に新活面を見出《みいだ》すこと」

「あなたは、今後の一時々々の現実の中に生きるのだ。穴沢は現実の世界には、もう存在しない」


極めて抽象的に流れたかも知れぬが、将来生起する具体的な場面々々に活《い》かしてくれる様、自分勝手な、一方的な言葉ではないつもりである。

純客観的な立場に立って言うのである。

当地は既に桜も散り果てた。
大好きな嫩葉《わかば》の候がここへは直きに訪れることだろう。
今更、何を言うか、と自分でも考えるが、ちょっぴり慾《よく》を言って見たい。

一　読みたい本
「万葉」「句集」「道程」「一点鐘」「故郷」
二　観《み》たい画《え》
ラファエル「聖母子像」　芳崖「悲母観音」
三　智恵子　会いたい、話したい、無性に。
今後は明るく朗らかに。
自分も負けずに、朗らかに笑って征く』

何度も出撃しては戻ってきていた利夫さんが遺書を私に書き送ったのは、最期のときだけだったのです。

地図を飛ばしたり、天候不良やトラブルで帰って来たりしたときには書くことのなかった、私に向けての遺書でした。死に向かって研ぎ澄まされた心で、本当の「最期のとき」を敏感に悟ったのではないかと、私には思われてなりません。

利夫さんが日記と遺書に「読みたい」と書き残した『万葉集』は、最初に出撃となるとき、私に送ってくれていました。『道程』は、軍隊に入る前に、自分の本棚から持ってきて私にくれた本でした。『一点鐘』は、利夫さんが殺伐とした軍隊にいる間でも、きれいな言葉を持つ三好達治の詩に触れ、心を潤《うるお》して欲しいと、私が書き送ったもの。そして、『故郷』は田舎の素朴な風景がつづられた詩です。故郷に帰りたくても帰れない、利夫さんには、この詩がどれほど慰めになったことでしょう。

このころ、本は価値のあるものでした。テレビもなければ、娯楽もない時代に、私たちはどんなに本に元気づけられ、慰められ、育てられたことか。ましてや、図書館講習所で学んだほどの利夫さんですから、最期に本を求めるのは当然のことでした。

なぜ、私はそのことに気づいて本を送ってあげられなかったのだろうかと悔やみました。利夫さんから送られてきた本を見ながら、私の手元ではなく、利夫さんの手元に最後においてあげたかった、と思わずにはいられませんでした。

昭和二十年四月末、私は勤めていた文部省教学錬成所に退職願を出して、弟と妹と一緒に、両親のいる福岡県南部の村に疎開《そかい》しました。四月には東京都内の空襲も本格的に始まりましたし、何より利夫さんがもう家を訪ねてくることはありませんから。

疎開先に向かう途中、北九州市の小倉駅のホームには、大きなポスターが貼《は》られている立て看板がありました。そこにはなんと、利夫さんの横顔があったのです。

私は呆然《ぼうぜん》とし、そのポスターを長い時間眺めていました。出撃間近い利夫さんは青空をバックに挙手の礼をしながら、はるか彼方《かなた》の空を見つめている。その顔の隣に一言、

「神鷲《かみわし》に続け」

と、書かれていました。特攻隊員を募るために利夫さんは利用されていたのです。

写真の顔は、まさに「半ば神様」と言われた特攻隊員の神々《こうごう》しささえ感じられましたが、同時に何とも言えない寂しさが漂っていました。

私は亀山で眠った利夫さんに子守唄《こもりうた》を歌い続けていた日のことを思い出しました。あのときも、利夫さんの顔は神様のように見えましたが、人間として血が通った顔でした。しかしポスターの中の顔は、何の望みも果たさないまま違う世界に行かなけれ

ばならないという、深い深いため息をついているような目をしていました。

どこの誰が写真を撮ったのか、ポスターを作ったのか、写真の中にヒントを見出そうとしましたが、頼りにする文字はありません。

周りを見回しました。駅員の姿は見えません。私は一抱えもあるその立て看板を盗んで行きたい気持ちに駆られました。

(やめよう。持って帰れば、この写真のとりこになってしまうかもしれない)

天の神様がふたりを哀れんで、せめてもと、この姿を見せてくださったに違いない。そう思うことにしたのです。私はポスターに背を向け、日豊線のホームで待つ妹のところへ急ぎました。

五月から私は、疎開先から近い大分県中津市郊外にあった神戸製鋼の工場で働き始めました。海軍の技術将校であった又従兄《またいとこ》のツテで紹介してもらえたのです。このころ、工場の多くは軍事的な目的で使用されていましたから、ここも技術将校の管理下にありました。

私は会計課に配属されました。会計課の課長は黒縁のめがねをかけた真面目《まじめ》な人で、色が抜けるように白く、秀才肌で傍に寄るのも恐ろしいぐらいの方でした。まだ三十歳そこそこでしたが、軍事工場で役職を持っていれば、兵役に就かなくても済んだようです。

社員もわずかながらいましたが、兵隊に取られた男性の代わりに動員された挺身隊《ていしんたい》の女性がほとんどでした。中には、私と同じように、東京から疎開してきた若い女性もいました。

軍事工場とはいっても、急ごしらえで作られた建物でしたから、バラックのような粗末な造りです。飛行機の生産をしている工場と聞いていましたが、規定の材料もなく、これでまともに飛行機を作れると思っているのかしら、と信じられませんでした。

そうした現状を目《ま》の当《あ》たりにすると、労働意欲はそがれていきました。

それに、海軍の築城《ついき》飛行場が近くにあり、そこからは日本が不利な情勢にあるという噂《うわさ》が流れてきました。ですが、新聞は相変わらず、「勝ち戦」とばかり報じています。

（そんなに勝っているなら、特攻隊なんて出なくてもいいはずなのに）

私は働きながらも、怒りが収まりませんでした。

八月十五日、工場に行くと周りの人たちが、

「昼に天皇陛下の重大な放送があるんだって」

と、話していました。

「ますます戦争が激しくなるのかしら……」

重大放送の後、たるんでいる社員たちは活を入れられるだろう、と噂し合いながら、正午になると、みんなでラジオの前に集まりました。私には、ラジオがガーガー鳴っているだけのように聞こえ、その内容は全くわかりません。

それでも、みんな真剣な顔で聞いています。そのうち、周りがざわついてきました。

「何を言っているの？」

「戦争終わったんだってよ！」

「えっ？」

他の人も横から口を挟んできました。

「負けたんだって！」

「ええっ、ホントに?!」

すぐに、

「解散！　帰る人は帰っていいっ!!」

と声がして、工場からはあっという間に人がいなくなりました。私は、以前から

「日本は負けるんじゃないか」と感じていましたが、本当に負けてしまった今、私たちの生活がどうなるのか、全く想像がつきませんでした。

女性の中には、「アメリカ兵が上陸したら、これを飲め」と青酸カリを渡されていた人もいました。私自身は青酸カリを見たこともなく、戦後二十年以上も経《た》ってから持っていたという人に聞いてみました。その人は終戦時、小田原市国府津《こうづ》に疎開していて、同じ地域に住んでいた女性たちはみんな、誰かれとなく渡されていたそうです。

「戦争が終わったときに、飲む覚悟はついたの？」

と聞くと、

「そんなことできるはずもないわ」

と、彼女は呆《あき》れて返してきました。でも、私たちはいつも、「あいつらは鬼畜米英。血のしたたるビフテキを食べているから、獰猛《どうもう》で残忍なんだ」と、刷り込まれるように聞かされていたのです。旦那《だんな》さんに戦死され、頼る親戚《しんせき》もないというような境遇だったら、恐怖の余りに青酸カリをあおった人もいたかもしれません。

ラジオの放送後、私もすぐに家に戻りました。母もラジオを聴いていたようです。

「負けちゃったんだってね」

と言うと、

「そうよ。これからどうなるのかしら」

と、母は不安気でした。

その日は満月でした。夕方、まだ真っ青な空に、大きな満月がかかっています。

気がつけば、今まで飛行場から絶えず聞こえていた騒音が止《や》んでいました。一切の爆音は消え、嬉《うれ》しくなった私は屋根に上がると、いつまでも月を見ていました。一点の曇りもない夜空に煌々《こうこう》と月が輝き、世界は穏やかで森閑としています。遠くには海が見え、青々とした水をたたえている。体の中から生命力のようなものが湧き上がってくるのを感じていました。

けれども、戦争が終わったことを素直によろこぶ気持ちがある一方で、私は足元にある大きな洞穴に落ち込んでいくような虚無感にも囚《とら》われていたのです。

（利夫さん、あなたは一体、何のために死んだの？）

利夫さんが出撃してから、四ヶ月しか経っていません。四月には、すでに日本の敗色は濃かったはずです。なぜ、そのときに戦争をやめてくれなかったのでしょうか。信念を遂げた利夫さんは、遠い世で幸せなのでしょうか。

多くの日本人と同様に、私にとって八月十五日は、忘れようとしても忘れられない日になりました。

二、三日すると、家の近くにも、帰還兵の姿がポツポツと見られるようになりました。家族と抱き合って、笑顔を見せています。その姿を見ているうちに、私は気分がどんどん暗くなっていくのでした。うつ病のようなものにかかっていたのだと思います。

私の中は空っぽでした。それでも、脳梗塞《のうこうそく》で半身不随になっていた父をはじめ、身内に心配はかけられません。ひとりになりたくなると、私はよく海に行きました。松林の先にある防波堤に座って、膝《ひざ》を抱えたまま何時間も波の音を聞きながら海を見ていました。

戦争が終わると、利夫さんの故郷近くにある東北大学は、帰還した学徒兵がまたすぐに学問を始められるようにと、門戸を開放していました。利夫さんがもし帰ってきていたら、東北大学に入り直してなりたかった検事になっていたんじゃないか……。そんなことを考えては、頭を振り、もしもなんて考えたって仕方がないんだ、と打ち消していました。堂々巡りに、いろんなことが頭の中に浮かんでは消えていきます。

町では、戦場から帰ってきた青年たちが、盆踊りをしようとか、秋祭りを計画しようとか、ウキウキと相談していました。そうした行事に誘われても問いかけられたことに、「はい」や「いいえ」と返事をするのが精一杯で、実際は誰が何を話しているのか、私の中に言葉は入ってきませんでした。

利夫さんが飛び立ってしまったのは、結局いつだったのか、このころの私には遺書で推し量るしかありませんでした。五月には利夫さんを含む第二十振武隊七名に、特攻隊として戦果を収め、陸軍から感状が授与されたことが新聞で報じられていましたから、出撃した日にちはわからずとも、利夫さんの「死」だけは、確実であるかのように思えました。

その年は十二月まで、工場で残務整理をしていました。年頃の女性というので、お見合い話も多くいただきましたが、断り続けました。母が心配して、「どうしても会ってちょうだい」というお見合いも、とりあえず会うだけ会って断りました。結婚する気にはなれなかったのです。

翌年の春、目黒にいる利夫さんの叔父さんに、利夫さんの戒名が、
「虚空院殿一心護国清居士《こくういんでんいっしんごこくせいこじ》」
であることを教えていただきました。「虚空」とは大空のこと。国を護《まも》ることだけに心を砕いた利夫さんにふさわしいお名前だと思いました。

同じころ、私は東京に戻り、NHKの資料室で働き始めました。働いて忙しさに紛

れていれば、少しは楽になれるのだろうかと思っていたのです。

まだ御茶ノ水駅の周辺には足を運ぶことができませんでした。もちろん、用事があって、電車や車で通りかかることはありましたが、まったく風景の変わらない図書室のあたりに差し掛かると、ふっと顔を背けたくなるような気持ちになるのです。利夫さんはいないとわかっているのに、雑踏の中に面影を探してしまうのです。

戦後十年を過ぎるころまでは、よく利夫さんの夢を見ました。夢はいつも同じです。日比谷映画劇場のロビーで、私は利夫さんと待ち合わせをしています。足元には真っ赤な絨毯《じゅうたん》が敷かれ、私が劇場の扉を開けて出てくると、向こうから坊《ぼう》主《ず》頭《あたま》の利夫さんが駆けて来るのです。

「やぁ！　待たせたね」

ホームで見た利夫さんの笑顔そのままに走ってきます。

（この笑顔が本当に好き）

利夫さんを見ながらそう思っているのに、急にふと、

（あ、死んだ人も口を利《き》くんだ）

と現実に戻り、途端に目が覚めてしまうのです。

もうひとつ、繰り返し見る夢がありました。

窓辺で小鳥が鳴いている朝。目を覚ました私がそっとまぶたを開くと、枕元《まくらもと》に絣《かすり》の着物を着た利夫さんが座っています。まるで、私が起きたら、ちょっとイタズラでもしてやろうというように、私の顔を笑顔でのぞき込んでいるのです。

私は利夫さんに見つからないように、そっと薄目を開けて彼を見ます。

（利夫さんに起こしたと思わせちゃいけない）

窓の外には青空が広がり、若葉が芽吹いている。

（利夫さんの好きな季節だな）

そう思った途端に、夢とわかるのです。

私は悲しみを胸の奥の奥、深いところに仕舞い込んでいました。泣くことができていたら、楽になっていたかもしれません。泣く余裕もありませんでした。

どんな慰めの言葉をかけられようと、悲しみは一生拭《ぬぐ》われないものだと思いました。

「思い出は懐《なつ》かしむもの。おぼれるものではない」と、何かに書かれてあるのを見て、その通りだとはわかっていても、利夫さんと生きた時代におぼれそうになります。

そんなとき、利夫さんの遺書を思い出しました。彼は遺書に、

「穴沢は現実の世界には、もう存在しない」

と、書きながら、

「智恵子　会いたい、話したい、無性に」

と、最後に残していました。

私は未練という言葉があまり好きではありませんが、利夫さんのこの最後の言葉は、彼の純粋な未練であると思えました。そして、利夫さんがこの世へ未練を残しているのなら、私は思い出にひたるばかりではなく、あの人の遺志を継いで一緒に生きていこうと決めました。彼が目指していた家庭生活や読みたかった本を、私の心の内に存在する利夫さんと一緒に経験していこう、こう思ったのです。

もちろん、生きていることがむなしくてならないと思えるときもありました。けれども、利夫さんが言い残してくれたような、明るく朗らかな人間になれているだろうかと考えることで、絶えず自分を鼓舞してきました。彼の未練は、私に精神的な意味でも力を送ってくれたのです。

そんな私も、戦後十年経ってから十五歳年上の人と結婚しました。それが伊達でした。主人は戦後に妻を肺結核で亡《な》くしていました。私たちは文部省教学錬成所の先輩の紹介で会うようになったのです。

ある程度の気持ちの整理をつけるには、私には十年という時間が必要でした。それまでにも、お見合いをさせられたり、いろんな方を紹介していただいたりしましたが、私の心は動きませんでした。十年が経ち、少しだけ自分の気持ちにも余裕が出てきて、利夫さんにしてあげられなかったことを誰かにしてあげたいと思うようにもなっていました。御茶ノ水に足を向けられるようになったのも、利夫さんの夢を見なくなったのも、主人と結婚した後のことです。

野性味のある顔立ちをした主人は一七八センチと長身で、外見は利夫さんと全く違っていましたが、人柄は利夫さんと同質のものを持っていました。だからこそ、私は何の違和感もなく、主人と生活をともにすることができたのです。

時には主人に断ったうえで、利夫さんのお墓参りにも行きました。

遺書などから推測はしていましたが、私が利夫さんの正確な命日を知ったのは、昭和三十五年のことです。

執念でしょうか、センチメンタリズムでしょうか、私はそれまで頭のどこかで、
(もしかしたら、利夫さんはどこか誰も知らない孤島に不時着しているのかもしれない)

と、そんな幻想を抱いていたのです。しかしその年、『南溟《なんめい》の果てに』という、海軍にいた方が特攻隊の記録を収めた本を見つけ、その中に四月二日に長谷川隊長が出撃、四月十二日には利夫さんが隊長として知覧を発進し、敵艦を二隻《せき》撃沈したと戦果が書かれていたのです。

私は、ひとり抱いていた淡い幻想にピリオドを打たなければならなくなりました。

そしてその三年後、利夫さんの十九回目の命日に、私は初めて彼の墓前に額《ぬか》ずくことができました。戦後の慌《あわただ》しいときを超え、私自身の生活も落ち着いてきたことで、やっと実現したのです。

初めて利夫さんのお兄さんに会ったときには、あまりにもよく似た面差しに驚きました。利夫さんも年齢を重ねればこうなっていたのかと、二十年という歳月を思いました。

すっきりと晴れ上がった空――。彼が飛び立った日もこんな風だったのでしょうか。私はお墓の前に深く頭をたれ、もしかしたら自分も一緒に眠る場所だったのかもしれないと思うと、わけもなく、その大地の中に溶け込むように感じられました。

今、振り返ってみれば、利夫さんとの恋愛も主人との結婚も、私にとってはかけがえのないものでした。自分で図って出会おうと思ったわけではなく、偶然や周りの人たちが導いてくれた出会いでしたが、この上もなく大切なふたりの人に出会えて幸せでした。

しかし、その主人も昭和四十八年にすい臓がんで亡くなりました。主人は結婚して三年ほどで、ぎっくり腰の治療ミスから左足が不自由になってしまいました。体が弱く、入退院を繰り返していましたが、私は主人のためにできるだけのことはしてきたと思います。運転免許もとり、主人が行きたいというところへは、どこにでも行きました。主人を看取《みと》るとき、彼は私に向かって、

「智恵子、君と一緒に暮らして、本当に幸せだった。ありがとう」

と言ってくれました。

私は胸がつまり、

「私の方が幸せだった」

と、言うのが精一杯でした。利夫さんは遺書に、幸せであるようにと書いてくださいましたが、私はこのとき、「幸せだった」と言えるようになっていたのです。

主人を亡くした後、しばらくすると、私は利夫さんのことを再び考えるようになりました。主人には、して欲しいと思うことも、してあげたいと思うことも、私は全精

力を注いでやってあげることができました。私にとっては、どちらも大切な人でしたが、利夫さんの人生に対する未練を、私は未《いま》だに背負い込んでいる。そして、同時に、利夫さんには何もしてあげられなかった私の未練も続いていたのです。

主人が亡くなった翌年、私は利夫さんを見送ってくださった永崎笙子さんから、一緒に知覧に行きましょうと誘われました。「とこしえに」と名付けられた像の除幕式があるというのです。私はためらいました。

「利夫さんの遺族じゃないから。結婚もしていなかったし」

「大丈夫ですよ。大平少尉の奥さんもいらっしゃいますから」

大平さんとは、何度かお会いしたことがありました。気の置けない人たちと一緒ということで、私は安心して知覧までご一緒することになりました。

その式典には、見習士官だった学徒兵の方が五、六人来ており、「二十振武隊の穴沢の……」と話すと、同じ長谷川隊で生き残っていた小嶋伍長《ごちょう》に引き合わせてくださいました。なんと、あの雪の日に一緒に来てくれた小嶋さんでした。小嶋さんは出発というとき、前を走る熊谷少尉の飛行機に接触し、ふたりとも飛び立つことができなかったと話してくれました。

翌日は、学徒兵の方たちに開聞岳の麓《ふもと》まで連れていってもらいました。笙子さんから聞いていた開聞岳は利夫さんが最後の旋回をしていたところです。

おみやげ物屋さんに入ると、夕方の開聞岳を撮った写真のパネルが一枚だけ置かれていました。利夫さんが最後に見た景色かと思うと、私は買わずにはいられませんでした。今でも、その開聞岳の写真を見るたびに、利夫さんがこの美しい山を眺めながら、どんな気持ちでいたのだろうかと考えます。

その後も度々知覧を訪れる機会がありましたが、知覧の人たちの情の深さには、頭の下がる思いです。街中から離れた飛行場の跡や三角兵舎の跡を、私は利夫さんの面影を見ようとその時々に訪ね歩きました。バスの時間に合わず、バス停にひとりたたずんでいると、若い女性でも、農作業中の男性でも、通りがかった人はみな、

「バスを待っているんですか。どこまででしょう？　送っていきますよ」

と、声を掛けてくれました。その温かさに触れ、利夫さんも最期まで情の篤《あつ》い人たちに囲まれていたのだろうと、安心したものです。

私が利夫さんのことを思って初めて泣いたのは、昭和五十三年になってからのことでした。利夫さんのお墓にお参りできたときにも、永崎さんに飛び立つ直前の利夫さ

んの写真を見せてもらったときにも泣くことはなかったのに、思わぬところで私は涙を流したのです。

私は永崎さんの紹介で、学徒兵だった方や、特攻隊員ではあったものの、様々な理由から出撃できなかった方たちに会い、話を聞くことができました。

世田谷の観音寺には特攻観音堂という特攻隊員を供養《くよう》するお堂がありますが、昭和五十三年のある日、その法要に出席したときのことです。供養の後、学徒兵の方三人と「雨が降れば帰ってくるよ」と言い残して出撃した荒木春雄少尉の妻・志げ子さんと一緒に、渋谷のビルにある居酒屋で思い出話に花を咲かせていました。

私と志げ子さんが揃《そろ》っているのを見たからでしょう、その中のひとりが、何とはなしに、歌を口ずさみ始めました。

待てど暮らせど　来ぬ人を
宵待草《よいまちぐさ》の　やるせなさ
今宵は月も　出ぬそうな

竹久夢二が作詞した『宵待草』でした。

その男の人のやるせない歌声が私の心に響き、切なくて切なくて、私はいつの間にか、声を上げて泣いていました。

戦後は、とにかく戦争に対して否定的な話ばかりでした。それは仕方がないのでしょうが、特攻隊の人たちに対しても、「行ったヤツがバカだ」というような世情があったのです。だからこそ、私は個人的な思い出は自分の胸の中だけで温めていこうとしていました。

それが、思いがけず利夫さんの戦友だった人が生きていて、毎日をどう過ごしていたのか具体的な話をしてくれる。すると今まで押さえ込んでいた私の感情が揺れ動き、心が騒ぐのをとめられなくなりました。私はずっと泣き場所を探していたのかもしれません。

私たちは特攻隊をお国のために命を捨てる、この上ない男の本懐をとげる人だと思って送り出していました。確かにいま考えると、あってはならない作戦だったと言わざるを得ません。人の命を棒切れみたいに、ポンポン投げ出すのですから。弾の代わりに敵に突っ込んで、生きて帰ってくるなというのですから。

でも、彼らは皆、どれほど生きたかったのでしょうか。命令ひとつで、彼らの命が失われてしまった。私は怒りと悲しみとやり切れない思いが極まって、いつの間にか涙が溢《あふ》れていました。

利夫さんのかつての戦友は、私が吼《ほ》えるように泣くのを見ていられなかった、と後々話していました。場は静まり返り、彼らはしばらく、私の泣く様を黙って見ていましたが、その内のひとりが、

「もう止《や》めてください。たまりません……」

と、膝《ひざ》に手をつき、うなだれながら搾《しぼ》り出すように言いました。

それを聞いて、私は我に返りました。

最初に会ったとき、この人たちは真《ま》っ直《す》ぐ私に向かって来ると、

「申し訳ありません」

と、頭を下げて謝ってきたのです。生き残ったことに後ろめたさを感じていたのでしょう。

「何で謝るんですか？　生き死には、人間のはかりごとじゃないはずです」

私はそんなふうに言いましたし、心からそう思っていました。それなのに、私に目の前で泣かれては、彼らが追い詰められたような気持ちになってしまうのは、当然のことでした。

戦後三十年以上経《た》つというのに、それぞれにあの戦争をまだ引きずっていたのです。

私は、利夫さんの命日に合わせ、いつか沖縄周辺に慰霊の旅に出たいと思っていました。

昭和六十三年四月、十年間勤めてきた会社を退職することになったので、残っている有給休暇を使って日程を組み、沖永良部島《おきのえらぶじま》に行くことにしました。利夫さんが最後の出撃をした四月十二日に、東シナ海に面した島の浜辺に立とうと考えたのです。沖永良部島に決めた理由は、東シナ海に面して沖縄本島に近く、観光客に荒らされていないところ、静かなところと思ったのです。なぜか、ひかれるものがありました。

四月十日、早朝六時半に自宅を後にしました。沖永良部島には、鹿児島で飛行機を乗り換えていかなければなりません。昼過ぎに鹿児島発の飛行機に乗ると、天気に恵まれたので、窓際《まどぎわ》の席からは眼下に黒島《くろしま》、奄美大島《あまみおおしま》、徳之島などが見えました。

沖永良部島に降り立つと、南国特有の湿り気のある空気がまとわりついてきます。やっとここまで来た、と感慨深くはあったものの、体調がすぐれません。すぐにホテルに向かい、次の日も一日休みを取りましたが、疲れが取れないまま十二日を迎えました。利夫さんが知覧を発《た》ったのは午後三時ごろだと、笙子さんに教わっていました。その日は午後五時半に戦艦二隻から火柱が上がったといいます。その時間に東シナ海へ行きたかったのですが、あまりにも不案内なこの島では無理だとあきらめて、午前中からバスに乗って、東シナ海方面の海岸に向かうことにしました。

三十分ほどバスに揺られ、降りてからは海に向かって二キロほどの道を歩くことにしました。しばらくすると、これがスコールというものなんだろうかと思うほどの大雨に遭いました。たどっている小道にはソテツが生い茂り、黄色のブーゲンビリアや真っ赤なハイビスカス、フリージアが溢れんばかりに咲いています。雨に洗われて原色の鮮やかさが増していく花々は、混じることのない純粋な心を持った利夫さんにふさわしく思えました。

雨のせいでしょうか、歩いている間は誰に会うこともありませんでした。ひとり、行きつ戻りつしながら、海岸沿いに廃船があるのを見つけて、そのかげに入って雨を避け、お線香に火をつけました。

四十四年目にして、利夫さんが大義を果たした日に東シナ海の海辺に立つことができた。その幸せと悲しさが、私の胸を満たしました。そのとき、不思議なことに雨がすっと上がったのです。私は四十三年間の思いを果たした感慨を胸に、元来た道を戻りました。

終戦から六十年が経ったとき、日本テレビが私のところに取材に来ました。そしてそのとき、利夫さんが敵艦に突入した位置は、ちょうど沖永良部の辺りだったと知らされました。当時の防衛庁に保管されていた資料とアメリカで保管されていた資料を突き合わせると、そうなったのだそうです。

私が偶然に選んだ慰霊の地が、まさに利夫さんが亡《な》くなった場所だったのです。

二、三年前、久しぶりに利夫さんの夢を見ました。記憶にある利夫さんの姿といえば、詰襟《つめえり》ばかりです。学生服も、軍服も、ずっと詰襟の制服でした。

それなのに、そのときの利夫さんは今の若い人たちが身につけているような、赤い格子《こうし》模様が淡く入った白いセーターを着ていて、とてもリラックスしているように見えました。私たちの世代にとって、制服以外の服装は「自由」の象徴に思えるのです。

（利夫さんは何のわだかまりもなく、今は自由でいられるんだ）

と、私はほっとしました。

当時から六十年以上が経ちましたが、今、私はどこにいても何をしていても、私の心に刻み込まれた利夫さんの存在を感じています。そしてそれは、未だ私の生きる力になっているのです。

生きる時代は選べない――新潮文庫版あとがき

智恵子さんが大切にしていた利夫さんの「遺品」、寄木細工の小箱に入ったタバコの吸い殻は今、鹿児島県南九州市にある知覧特攻平和会館にあります。

三年ほど前から智恵子さんは身のまわりのものを片づけ始め、住み慣れた東京を離れてある地方の山間《やまあい》の町に移りました。

私は智恵子さんの東京の部屋が好きでした。部屋というよりも、智恵子さんの存在自体が部屋に「温かみ」を与えていたのだと思います。そこに伺うときはいつも、智恵子さんが手料理で迎えてくれました。特に、にぼしと昆布で出汁《だし》をとったおみそ汁は絶品でした。その部屋にも行けなくなってしまいましたが、彼女が体調を崩しがちになり、住まいを移ったのはいろいろな想《おも》いがあってのことととわかってはいましたので、私は寂しく見守るしかありませんでした。

東京の部屋では飾ってあった利夫さんの写真の横に、青葉若葉が好きな彼のためにと、いつも淡い緑の山の絵が添えられていました。彼女が移り住んだ山間の町はその絵のような風景そのまま、緑が目に沁《し》みるような美しさを見せるところです。今年四月下旬にいただいたお手紙の、

「（利夫さんの命日の）今月十二日は折しも桜吹雪の舞い散る中、当時のままに面影が見え隠れしていました」

　という一文に、山間の風景に佇む利夫さんの姿が私にも浮かんできました。

　あとがきにかえて、というのもおかしいのですが、本文では割愛してしまった、それでも私が印象に残る智恵子さんのお話を書きたいと思っていました。

　取材の最中でしたが、智恵子さんが「もし、利夫さんと結婚していたら……と想像することもあったのよ」と話し始めたことがありました。

「私が伊達と結婚できたのは本当に幸せなことだったけれども、主人の足が不自由になって私が運転手代わりを務めたときに、助手席に乗る人になりたかったと思ったことは何度かありました。もし、利夫さんが帰ってきていたら、健康でパイロットにまでなった人だから……、なんて思ってしまったけれど、今は、もし利夫さんと結婚できていたとしても、運転手をする苦労とは別の苦労をしていたんだろうなって思い返

しますよ。

よく現実から逃げたくて、あっちの道を行っていたら、あの人を選んでいたらと言う人がいるけど、それは違う。もし、そういう人が過去に戻って他の道を進んだら、確かに自分の身に起きることや相手に影響されることが違ってくるでしょう。でも、結局、前と同じような苦労や幸せを感じるはずです。前を見て暮らす人、後ろを振り返り振り返り過ごす人、どの道を行っても心持ちは同じ。自分の人生を決めるのは、自分の心だけだとわかりました。生き方を選ぶ権利は、どこからか与えられたもののようで、実は自分自身にある。あの時代を繰り返すことがあってはならないですが、生きる時代が良かろうと悪かろうと、個人個人の生き方に意味があるんですよ」

そして、「誰でも時代を選んで生きるわけにはいかないでしょ」と彼女は笑っていました。

文庫本となり、より多くの方々の手に触れて、少しでもあの当時のことを知ってもらうよすがになれば、というのは、私以上に智恵子さんの強い願いです。

最後になってしまいましたが、穴沢利夫さんのご冥福を心からお祈り申し上げます。

どこまでも自由でありますように……。

平成二十二（二〇一〇）年夏

水口文乃

新版あとがき

智恵子さんが利夫さんのもとに旅立ってから、今年（二〇二三）でちょうど十年が経ちました。

今、折に触れて思い出すのは、彼女が「慰霊」についてお話ししていたことです。お墓にお参りすること、慰霊祭に出席すること、所縁の土地を訪れること、宗教行事に参加すること――。終戦後、利夫さんのためにあらゆることを行ってきたという智恵子さんが最後に行きついたのは、ただ想うこと、でした。

慰霊について話題が及ぶきっかけになったのは、新潮文庫版のあとがきでも触れている柔らかな緑の濃淡が印象的な一枚の絵です。

あるとき額に入れられたその絵に気づいた私に、智恵子さんは「利夫さんは青葉若葉が好きだったから」とその淡い緑を見つめていました。たしか春の木々が芽吹くころの山肌を描いたものと聞いた記憶があります。そして、「慰霊って、ただ想うことなのではないかって、近頃になって思うのよ」と話してくれました。

本書に掲載されているおふたりの手紙や日記は智恵子さんが、それぞれが書いたものに分類して、またおふたりのやり取りがわかるように時系列にして、あるいは当時の自分の気持ちを書き加えて、と何度も何度も丁寧にノートに書き写していました。今回、加筆するために見返していると、智恵子さんは利夫さんの言葉をペンで拾うたびに何を思ったのだろう、書き重ねて行くなかで新たに見つけたものはあったのだろうかと、少し丸くなって座卓に向かう智恵子さんの背中が浮かんで来るようでした。ただ想うことという軽やかな言葉に込められた心の重さに、改めて気づかされた思いです。

智恵子さんはまた、戦争そのものの体験は当然のこととして、戦中戦後の社会や人々の意識の急激な変化も何より恐ろしいものとして受け止めていました。

「英雄として送り出された特攻隊も、戦後には愚かな奴らという論調に変わり、国のために投げ出すべきだった命は地球よりも重いものと言われるようになって、それをどう捉えたらいいのか、本当にわからなかった。なのに、多くの国民は今までのことを忘れたかのように受け入れているように見えて……。戦争中は日本中が天皇陛下や軍が右に行けと言えば右に、左にと言えば左に向かっていたけれど、そのときと本質は変わらないんじゃないかしら」

今の日本ではときおり、異なる意見や論調を多勢が許さない状況になるのを目にします。

手近にある辞書を引くと、戦争は「国家間の武力を用いての争い」とあります。国や地域間で戦争状態になるには政治的な引き金が必要なのでしょう。ただ日本においては特に、そこに邁進していかざるを得なかった「思想」が背景にあると、たびたび指摘されています。利夫さんや智恵子さんに限らず、思慮も分別も持ち合わせた賢い青年たちが巻き込まれた世の空気のようなもの。それが今も漂っているのでは、と、智恵子さんの言葉を思い出しつつ、ちょっとだけゾッとする日々が増えているような気もしています。

中公文庫から改めて刊行するにあたり、大幅な加筆訂正の機会を与えてくださった中央公論新社書籍編集局長・三木哲男氏、文庫編集部長・太田和徳氏に、また、智恵子さんに引き合わせていただいた清水潔氏に、心より感謝申し上げます。

「あとがき」では私の思いも少し書き記していますが、本文中は私が智恵子さんの気持ちを代弁したり、推測したりすることのないよう、生前、智恵子さんにチェックしてもらい彼女の一人称で通しています。中公文庫版ではつたなかった文章を整理し、より当時の様子を彼らの言葉で知っていただけるよう、紹介しきれなかった手紙や日記も掲載しました。

穴沢利夫さんに加えて、伊達智恵子さんも鬼籍に入り、私もまた「慰霊」について考えるようになりました。でも、智恵子さんの「ただ想うこと」には、まだまだ至らないようです。

令和五（二〇二三）年夏

水口文乃

知覧からの手紙

単行本　新潮社、二〇〇七年七月刊
文　庫　新潮文庫、二〇一〇年八月刊

本書は新潮文庫版に全面改稿を施したものである。

中公文庫

知覧《ちらん》からの手紙《てがみ》

——新版《しんぱん》

2023年9月25日　初版発行

著　者　水《みず》 口《ぐち》 文《ふみ》 乃《の》

発行者　安 部 順 一

発行所　中央公論新社

〒100-8152　東京都千代田区大手町1-7-1
電話　販売 03-5299-1730　編集 03-5299-1890
URL https://www.chuko.co.jp/

DTP　嵐下英治
印　刷　三晃印刷
製　本　小泉製本

©2023 Fumino MIZUGUCHI
Published by CHUOKORON-SHINSHA, INC.
Printed in Japan　ISBN978-4-12-207422-4 C1195

定価はカバーに表示してあります。落丁本・乱丁本はお手数ですが小社販売部宛お送り下さい。送料小社負担にてお取り替えいたします。

●本書の無断複製(コピー)は著作権法上での例外を除き禁じられています。また、代行業者等に依頼してスキャンやデジタル化を行うことは、たとえ個人や家庭内の利用を目的とする場合でも著作権法違反です。

各書目の下段の数字はISBNコードです。978－4－12が省略してあります。

中公文庫既刊より

し-10-5
新編 特攻体験と戦後
島尾敏雄
吉田満
戦艦大和からの生還、震洋特攻隊隊長という極限の実体験とそれぞれの思いを二人の作家が語り合う。関連するエッセイを加えた新編増補版。〈解説〉加藤典洋
205984-9

し-10-6
妻への祈り 島尾敏雄作品集
島尾敏雄
梯久美子編
加計呂麻島での運命の出会いから、二人はどのようにして『死の棘』に至ったのか。島尾敏雄の諸作品から妻ミホの姿を浮かび上がらせる、文庫オリジナル編集。
206303-7

の-16-1
慟哭の海 戦艦大和死闘の記録
能村次郎
世界最強を誇った帝国海軍の軍艦は、太平洋戦争を通じてわずか二度目の出撃で轟沈した。生還した大和副長が生々しく綴った手記。〈解説〉戸高一成
206400-3

の-3-13
戦争童話集
野坂昭如
戦後を放浪しつづける著者が、戦争の悲惨な極限に生まれえた非現実の愛とその終わりを「八月十五日」に集約して描く、万人のための、鎮魂の童話集。
204165-3

の-3-15
新編「終戦日記」を読む
野坂昭如
空襲、原爆、玉音放送……あの夏の日、日本人は何を思ったか。文人・政治家の日記を渉猟し、自らの体験を綴る。戦争随筆十三篇を増補。〈解説〉村上玄一
206910-7

た-7-2
敗戦日記
高見順
〝最後の文士〟として昭和という時代を見つめ続けた著者の戦時中の記録。日記文学の最高峰であり昭和史の一級資料。昭和二十年の元日から大晦日までを収録。
204560-6

う-9-7
東京焼盡《しょうじん》
内田百閒
空襲に明け暮れる太平洋戦争末期の日々を、文学の目と現実の目をないまぜつつ綴る日録。詩精神あふれる稀有の東京空襲体験記。
204340-4